Sabine Stracke

WEIHNACHTS GESCHICHTEN

aus dem Sauerland

Ein Vorlesebuch für Schulkinder
und alle, die Spaß an einfühlsamen
Geschichten haben.

SABINE STRACKE, geb. Rostek, wurde am 02. Februar 1966 in Hagen-Haspe geboren. Im Alter von sieben Jahren kam sie mit vier von ihren fünf Schwestern in eine Pflegefamilie ins Sauerland und erlebte dort eine sorgenfreie Kindheit.
Aus beruflichen Gründen wechselte sie 1992 ihren Wohnsitz von Eslohe nach Arnsberg und lebt heute noch in der historischen Kleinstadt.
Nach der Ausbildung zur Erzieherin arbeitete sie in verschiedenen sozialen Einrichtungen. Ab 1997 betreute sie Menschen mit Behinderungen in einer Werkstatt.

2011 machte sie eine Ausbildung zur Heilpädagogin. Sie wechselte den Arbeitgeber und konnte mit ihrem Fachwissen Menschen mit psychischen Erkrankungen helfen.
Nun will sie die Chance, die sie mit sieben Jahren bekam, auch anderen bieten.Sie ist gerade in den Vorbereitungen, einem jungen Geschwisterpaar ein neues Zuhause zu geben. Auf diese Aufgabe freut Sie sich sehr.

Die schönen Bilder zu den Geschichten
hat ihre Freundin gemalt:
Christina Schmidt,
Heilpädagogin aus Brilon

Inhalt

Ein neuer Freund für Lisa

Lisa ist zehn Jahre alt und lebt mit ihren Eltern in Uentrop. Das ist ein ganz kleiner Ort zwischen Arnsberg und Oeventrop. In diesem kleinen Ort ist nicht gerade viel los, es leben dort nur noch wenige Kinder in ihrem Alter, mit denen sie spielen kann. Mit den jüngeren kann sie nicht viel anfangen und die älteren wollen Lisa nicht dabeihaben. Oft ist ihr langweilig und sie träumt dann von einem Freund, der immer für sie da ist und mit dem sie ihre Freizeit verbringen kann. Überall ist er dabei und jede Stunde verbringen sie gemeinsam.

In ihren Träumen erleben sie zusammen die spannendsten Abenteuer und die lustigsten Geschichten. Dann ist Lisa für eine Weile glücklich. Bis ihr bewusst wird, dass es nur ein Traum ist, und die Traurigkeit sich erneut in ihrem kleinen Herzen breitmacht. So vergehen die Tage in diesem Jahr. Es ist November und bis Weihnachten dauert es nicht mehr lange. Lisa soll ihren Wunschzettel schreiben, aber es fällt ihr nur ein einziger Wunsch ein. Sie schreibt ganz groß auf ihren Zettel:

ICH WÜNSCHE MIR NUR EINEN FREUND.

Den Wunschzettel legt sie wie jedes Jahr auf die Fensterbank in ihrem Zimmer, damit das Christkind ihn abholen kann. Als sie am nächsten Tag aus der Schule kommt, ist der Zettel verschwunden. Lisa spürt ein Kribbeln im Bauch. Ob das Christkind ihr wohl diesen Herzenswunsch erfüllen kann? Mittlerweile ist schon der 12. Dezember und in zwei Wochen endlich Weihnachten. Lisa wird immer aufgeregter. Bald gibt es Ferien und sie hofft, dass sie dann schon mit dem neuen Freund die Zeit verbringen kann. Ach, wäre doch nur schon Weihnachten! Als Lisa wieder einmal nach der Schule den Weg von der Bushaltestelle nach Hause läuft, hört sie ein leises Winseln. Sie bleibt stehen und lauscht. Ganz deutlich hört sie hinter den Büschen ein klägliches Wimmern.

Soll sie nachschauen oder lieber nicht? Papa und Mama warnen sie immer vor den Tricks von bösen Männern. Lisa wartet ab. Als das Winseln immer lauter wird, entschließt sie sich, doch nachzuschauen. Ganz vorsichtig geht sie um den Busch herum. Lisa hat etwas Angst, aber sie spürt, dass da irgendjemand in Gefahr ist. Sie geht Schritt für Schritt weiter. Dann sieht sie einen kleinen braunen Hund, der im Stacheldraht mit der Pfote festhängt. Das Tier zittert am ganzen Körper. An seiner Pfote ist viel Blut zu sehen. Ohne zu überlegen, rennt Lisa zu dem armen Hund und befreit ihn aus seiner schlimmen Lage. Der Hund jault vor Schmerzen auf. Aber er spürt, dass Lisa ihm helfen will, und wehrt sich nicht. Nachdem der Hund aus dem Stacheldraht befreit ist, wickelt sie ihre Jacke um den kleinen Kerl und nimmt ihn auf den Arm. „Was soll ich nur machen?", überlegt sie und entschließt sich, ihn erst einmal mit nach Hause zu nehmen. Mama weiß immer, was zu machen ist, und sie hat bestimmt auch diesmal die richtige Idee.

„Wen bringst du denn da mit?“, fragt ihre Mama, als sie Lisa die Tür aufmacht. Lisa erzählt, wie und wo sie den kleinen Hund gefunden hat, und Mama schaut sich die Wunden an. „Der muss sofort zum Tierarzt, denn seine Wunden sehen nicht gut aus. Danach versuchen wir rauszubekommen, zu wem er gehört“, meint Mama und holt sofort die Autoschlüssel. Lisa schaut ganz traurig. „Können wir ihn denn nicht behalten?“, fragt sie leise. „Nein, das geht nicht. Er ist bestimmt irgendwo weggelaufen und wird gesucht. Aber darum kümmern wir uns später“, sagt ihre Mama und steigt mit Lisa und dem kleinen Racker ins Auto ein. Zum Glück hat Uentrop eine eigene Tierärztin und so ist die Fahrt nicht sehr lang. Der Hund wird am Bein genäht, bekommt zwei Spritzen und zusätzlich noch einen dicken Verband. Lisa bleibt die ganze Zeit dabei und spricht liebevoll mit dem ängstlichen Hund. Sie hat das Gefühl, dass er ihr vertraut. „Diese Tabletten musst du deinem Hund morgens und abends ins Futter geben, damit sich die Wunde nicht entzündet“, sagt die Tierärztin und bringt Lisa mit dem Hund auf dem Arm ins Wartezimmer, wo ihre Mama sitzt.
Lisa kichert in sich hinein, denn sie hat nichts davon gesagt, dass der Hund ihr gar nicht gehört. Der Gedanke, dass es ihrer ist, gefällt ihr aber.

Lisa bereitet dem kranken Tier in ihrem Zimmer ein gemütliches Krankenlager mit Wolldecken und vielen Kissen. Mama hat ihr zwei Schüsseln gegeben, für Wasser und Futter. Danach fährt sie schnell nach Arnsberg, um Hundefutter für kleine Welpen zu kaufen. Um vier Uhr kommt Papa von der Arbeit. Lisa berichtet ihm von dem kleinen Hund. „Was sollen wir nun machen?“, fragt sie „Wir müssen herausfinden, wo er entlaufen ist. Ich schreibe Zettel, auf denen steht, dass wir den Hund gefunden haben und er bei uns abgeholt werden kann“, sagt Papa da und geht ins Büro. Lisa ist traurig und läuft zu dem kleinen Hund. Zärtlich nimmt sie ihn in den Arm. „Wenn dich keiner vermisst, kannst du bestimmt

bei mir bleiben“, flüstert ihm ins Ohr.

In der Nacht holt Lisa den Hund zu sich unter die Decke, weil sie Angst hat, dass er frieren könnte. Er kuschelt sich ganz eng an Lisas Bauch. Vor der Schule versorgt sie ihn mit Wasser und Futter und vergisst auch nicht, ihm seine Medizin zu geben. Gleich nach der Schule geht sie mit ihm spazieren. Sie freut sich, endlich einen neuen Freund gefunden zu haben. Es vergeht fast eine Woche, ohne dass etwas passiert. Lisa verbringt jede freie Minute mit dem Tier, und der Hund läuft immer hinter ihr her. Abends klingelt es. Vor der Tür stehen eine Frau und ein Mann. „Wir haben ihren Zettel gefunden und freuen uns, dass der kleine Hugo von Ihnen gefunden wurde,“ sagt der Mann und strahlt Lisa an. Lisa erstarrt.

Hugo heißt er also. Und nun wollen sie ihn mitnehmen. Sofort fängt sie an zu weinen und rennt auf ihr Zimmer. Mama kommt hinterher und sagt: „So leid es mir tut, aber wir müssen Hugo abgeben. Er gehört zu seiner Familie.“ Mama nimmt Lisa den Hund aus dem Arm und verlässt mit ihm das Zimmer. Lisa weint ganz laut und verkriecht sich unter ihre Decke. Sie will nicht sehen, wie Hugo in dem Auto davonfährt. Als sie am nächsten Morgen zur Schule gehen will, sitzt der kleine Hund vor ihrer Haustür und freut sich riesig, als er Lisa sieht. Traurig bringen sie und Mama den kleinen Hugo zurück zu der Familie nach Arnsberg. So geht es noch drei Tage lang. Immer wieder kommt Hugo zurück zu Lisa. Ein Tag vor Weihnachten bleibt er weg. Lisa ist verzweifelt. Aber Hugo kommt nicht wieder.

Am Heiligabend ist Lisa nicht in Weihnachtsstimmung. Sie denkt nur an den kleinen Hund. In der Kirche kann sie nicht mal dem Krippenspiel folgen, denn ihre Gedanken sind immer bei Hugo. Auch auf die Bescherung hat sie keine Lust mehr. Traurig sitzt sie im Wohnzimmer und packt lustlos ihre Geschenke aus.

„So", sagt ihr Papa, „bis auf ein Geschenk hast du alles. Und das kommt später erst, nach dem Essen." Lisa reagiert nicht, denn dafür ist sie einfach zu traurig. Hugo fehlt ihr so. Kurz nach dem Essen klingelt es an der Haustür. „Mach du mal auf", sagt Mama da zu Lisa. Lisa öffnet die Tür und gibt einen überraschten Schrei von sich. Draußen stehen der Mann, die Frau und Hugo. Und der kommt wild auf Lisa zugelaufen und springt sie freudig an. Lisa versteht nicht, was das soll. „Dürfen wir denn nicht reinkommen?", fragt der Mann und lacht Lisa an. „Doch, doch", ruft die und rennt mit Hugo ins Wohnzimmer. Die Frau kommt hinterher und sagt: „Das ist dein Weihnachtsgeschenk von uns. Hugo hat dich genauso vermisst wie du ihn. Ihr gehört einfach zusammen. Deine Eltern sind einverstanden, wenn Hugo bei euch bleibt. Wir werden uns einen neuen Hund kaufen." „Danke, danke", jubelt Lisa und drückt Hugo ganz feste an sich „und dann gehen wir gemeinsam mit unseren Hunden spazieren." Sie ist überglücklich. Während die Eltern mit dem Paar noch ein Glas Wein trinken, geht Lisa mit ihrem Hugo ins Zimmer und spielt mit ihm. „Nun kannst du immer bei mir sein, mein kleiner Freund", sagt sie zärt-

lich und küsst Hugo auf die kalte, nasse Schnauze. Bevor sie einschläft, stellt sie sich noch einmal ans Fenster und sagt Richtung Himmel: „Danke, liebes Christkind, dass du mir meinen größten Herzenswunsch erfüllt hast. Nun habe ich endlich einen Freund, mit dem ich meine Abenteuer erleben kann." Glücklich schläft sie mit Hugo im Arm ein.

Die Geschichte von der Weihnachtsgans

Ramsbeck ist ein kleines Dorf im tiefen Sauerland mit gerade mal 1700 Einwohnern. Bekannt geworden ist der anschauliche Ort durch seine Attraktionen: das alte Schieferbergbaumuseum, den Freizeitpark „Fort Fun", der mit seinen vielen verschiedenen Fahrgeschäften im Jahr Hunderte von Besuchern anlockt, und dann ist da noch der Skihang, der bei Schnee für Spaß sorgt. Langeweile gibt es in Ramsbeck also nicht! Ganz im Gegenteil, die Einwohner freuen sich, wenn es mal etwas ruhiger wird und sie dann die friedliche Stille genießen können.

In diesem Ort lebt Heinrich mit seinem Bruder Karl und seinen Eltern, Hans und Gerda Klute. Heinrich ist 14 Jahre alt. Er und seine Familie bewohnen einen Bauernhof, der etwas abseits vom Dorfplatz liegt. Sie haben nur wenige Kühe, ein paar Schweine, Hühner und drei Haflingerpferde, die an Urlauber verliehen oder von Heinrich und Karl bewegt werden. Da die Familie nicht von dem Erwerb des Hofes leben kann, geht Papa noch zusätzlich in einer Autowerkstatt in Bestwig arbeiten. Er geht morgens früh aus dem Haus und kommt am späten Nachmittag wieder. Dann versorgt er zusammen mit seiner Frau die Tiere im Stall.

Es ist Frühling. Überall wird das erste zarte Grün an den Bäumen sichtbar, die Sonnenstrahlen wärmen schon etwas und die Luft duftet nach Gras und frischem Waldboden. Heute kommt Papa später als sonst nach Hause. Schon als er auf den Hof fährt, entdeckt Mama, dass er etwas Großes im Kofferraum stehen hat. Sie geht auf ihn zu und fragt: „Was hast du denn da wieder mitgebracht?" Neugierig geht sie um das Auto herum und bleibt am Kofferraum stehen. Papa grinst sie an. „Was sollen wir denn mit einer kleinen Gans?", fragt Mama und schaut ihren Mann verdutzt an. „Das, meine liebe Gerda, wird unser Weihnachtsbraten", sagt er mit wichtig aufgesetzter Miene. „Wir füttern sie kugelrund und schlachten sie dann an Weihnachten." „Eine gute Idee", sagt Mama und hakt sich bei Papa unter. „So etwas Kluges aus deinem

Mund", schiebt sie kichernd hinterher und küsst ihren Mann auf die Wange. „Da kannst du nach so vielen Jahren wohl immer noch staunen, wie dein Mann sich um die Familie kümmert", lacht er zurück. „Komm, wir bringen die Gans erst einmal in den Stall, damit sie sich wieder entspannen kann." Gemeinsam tragen sie den Korb und bringen das verängstigte Tier in Sicherheit. Dann gehen sie ins Haus, um ihren täglichen Kaffee zu trinken. Am Nachmittag steht die gesamte Familie vor dem Stall und schaut der Gans beim Fressen zu. „Wie heißt sie denn?", fragt Heinrich und sieht seine Eltern an. „Das ist unser Weihnachtsbraten und kein Familienmitglied", entgegnet Papa und schüttelt den Kopf. „Die braucht keinen Namen, die landet im Bräter." „Ich nenne sie Nils Holgersson", sagt Heinrich trotzig.

So vergehen einige Wochen. Heinrich findet von Tag zu Tag immer mehr Interesse an Nils Holgersson. Er kümmert sich allein um die Gans. Er füttert sie, reinigt ihren Teich und ist glücklich, wenn sie angerannt kommt, sobald er ihren Namen ruft. Als er sie wieder einmal beim Baden beobachtet, kommt ihm eine lustige Idee. Ich bringe ihr heimlich Kunststücke bei! So beginnt er mit einigen leichten Übungen und schon nach ein paar Tagen fängt sie mit ihrem Hals einen Ring auf, wenn Heinrich diesen in ihre Richtung wirft, und springt in die Schubkarre, wenn er ruft: „Nils Holgersson, hopp!" Heinrich ist stolz auf Nils Holgersson und freut sich darauf, wenn er seine Eltern mit diesen Kunststücken demnächst überraschen kann. Er bringt der Gans bei, über ein Brett zu balancieren und im Teich auf

Kommando mit den Flügeln zu schlagen. Heinrich ist begeistert. Am Mittag sagt er beim Essen zu seinen Eltern: „Kommt ihr bitte nach dem Essen mal mit zu Nils Holgersson? Ich möchte euch etwas zeigen. Ihr werdet aus dem Staunen nicht mehr herauskommen." Aufgeregt strahlt er seine Eltern an.

„Was ist denn los? Ist die Gans schon schön fett geworden oder hat sie sich verletzt?", fragt Papa neugierig. „Nichts dergleichen", sagt Heinrich. „Wartet es ab." Wie versprochen gehen die beiden mit ihrem Sohn nach dem Essen in den Stall. Heinrich hat zwei Strohballen platziert, die als Sitzgelegenheit dienen sollen, und seine Eltern setzen sich darauf. Er ruft ganz laut: „Nils Holgersson, komm!" Sofort ist lautes Getöse zu hören und die Gans kommt schnatternd um die Ecke gerannt. Nun führt er der Reihe nach alle Kunststücke vor und schaut dabei immer wieder in die erstaunten Gesichter seiner Eltern. „Naja", sagt Papa, als Heinrich sich wie ein großer Künstler vor ihnen verneigt. „So war das eigentlich nicht gedacht mit der Gans." Er schaut erst seine Frau und dann seinen Sohn an. „Sie soll bald geschlachtet werden und das Haus mit ihrem leckeren Gänsebratenduft erfüllen. Auch wenn sie diese Kunststücke kann, wird sie im Bräter landen", sagt Papa, steht auf und geht zurück ins Haus. Mama streichelt ihrem Sohn liebevoll durch die Haare und sagt leise: „Du hast doch gewusst, dass die Gans bis Weihnachten gefüttert wird und dann unser Braten werden soll." Dann geht auch sie Richtung Haus und lässt einen traurigen Heinrich zurück. Er schaut Nils Holgersson an und flüstert leise: „Nie und nimmer wirst du geschlachtet. Das werde ich auf jeden Fall verhindern."

Es vergehen die Wochen und Weihnachten rückt näher. Nur noch drei Wochen, dann ist es so weit. Heinrich hat einen Plan. Im Wald steht eine kleine Hütte, die von keinem benutzt wird. Jeden Tag fährt er heimlich mit seinem Fahrrad dorthin und bringt Futter für Nils Holgersson und Lebensmittel, Decken, Kerzen und

noch allerhand nützliche Dinge dorthin. Seine Eltern bemerken nichts von alledem. Heinrich weiß, dass das Schlachten der Gans für den Dienstag, also zwei Tage vor Weihnachten, geplant ist. In der Nacht auf Dienstag wartet er, bis es ganz still im Haus ist. Als kein Zweifel mehr besteht, dass alle schlafen, zieht er sich ganz dick an, hinterlässt einen Brief an seine Eltern und schleicht sich aus dem Haus. Er legt Nils Holgersson die Hundeleine an, die er gekauft hat. Dann gehen sie los. Erst als er weit genug vom Bauernhof entfernt ist, macht er die Taschenlampe an und fühlt sich endlich wohler. Sie gehen ungefähr eine Stunde, bis sie die Hütte erreichen. Da Heinrich sehr müde ist, legt er sich auf das Feldbett und beobachtet Nils Holgersson, wie er es sich auf dem Berg aus Stroh gemütlich macht. Es dauert nicht lange und er schläft ein.

Am nächsten Morgen bekommt er nicht mit, wie seine Mama laut weinend nach Papa schreit, als sie bemerkt, dass ihr jüngster Sohn nicht zu Hause ist. In einem Brief teilt er mit, dass er mit Nils Holgersson davongelaufen ist. Sie weint bitterlich. „Alles nur, weil er seine Gans retten will", sagt sie mit tränenerstickter Stimme. „Was sollen wir nun machen?", fragt sie ihren Mann, dem vor Schreck

die Worte fehlen. „Wir suchen ihn natürlich“, sagt Papa und nimmt seine zitternde Frau in den Arm. Gleich geht er ans Telefon und ruft alle Freunde von Heinrich an, aber keiner weiß, wo er sein könnte. Nach ungefähr einer Stunde ruft Rüdiger an. Das ist der beste Freund von Heinrich. Er redet etwas leise und stotternd: „Ich glaube, ich weiß, wo sich Heinrich aufhält!“ „Wo?“, fragt Frau Klute lauter, als sie gewollt hat. „Er hat einmal von einer Hütte im Wald gesprochen“, sagt Rüdiger. „Die Jagdhütte!“; rufen Heinrichs Eltern gleichzeitig, legen auf und rennen aus dem Haus. Zielsicher hasten beide in den Fahrradschuppen, schwingen sich auf ihre Räder und fahren Richtung Wald. Nach zwanzig Minuten sind sie da. Sie sehen schon von Weitem, dass Rauch aus dem kleinen Kamin qualmt. Mamas Herz rast vor Freude. Sie lässt das Fahrrad einfach auf den Waldboden fallen und läuft, laut nach Heinrich rufend, zum Eingang der Hütte. Aber Heinrich und Nils Holgersson sind nicht da. Sie fängt wieder an zu weinen. „Wo sind sie?“, fragt sie unter Tränen. „Hat Rüdiger sich geirrt?“„Nein“, erwidert Papa und drückt zärtlich die Hand seiner Frau. „Schau, Gerda, da liegt seine dicke, schwarze Jacke. Er ist hier, aber wahrscheinlich gerade unterwegs.“ Mama strahlt ihren Mann an und meint: „Wir warten einfach hier auf Heinrich. Irgendwann werden die beiden schon zurückkommen.“ „Das ist eine gute Idee“, sagt da Papa und setzt sich an den kleinen Tisch.

Als eine Stunde später Heinrich mit dem fröhlich schnatternden Nils Holgersson zurückkommt, staunt er nicht schlecht, als er seine Eltern am Tisch sitzen sieht. Mama springt auf und nimmt ihren Sohn stürmisch in die Arme. „Mach das nie wieder“, flüstert sie und fängt schon wieder an zu weinen. „Nein, nein“, sagt Heinrich, „aber nur, wenn ihr mir versprecht, dass Nils Holgersson mit uns Weihnachten feiern kann und nicht geschlachtet wird.“ „So etwas habe ich mir schon gedacht, als Nils Holgersson seine Kunststücke vorgeführt hat“, meint Papa und gibt seinem Sohn eine liebevolle Kopfnuss. „Er ist wie ein Freund“, sagt Heinrich und schaut die Gans an. Als ob Nils Holgersson verstanden hätte, dass es um ihn geht, fängt er daraufhin laut an zu schnattern und breitet seine Flügel aus. Alle lachen. Dann packen sie die Sachen zusammen und machen sich gemeinsam auf den Heimweg.

Die Gans Nils Holgersson verbringt nicht nur Weihnachten, sondern noch viele Jahre bei Familie Klute und lernt noch allerhand Kunststücke. Nie wieder wird davon gesprochen, dass er geschlachtet werden soll. Nils Holgersson war zwar eine Gans, aber trotzdem ein Mitglied in dieser Familie aus dem kleinen Ort Ramsbeck im Sauerland.

Das schönste Weihnachten für Helene

Helene ist 30 Jahre alt und wohnt in Lengenbeck. Dieses Dorf liegt genau zwischen Winterberg und Schmallenberg. Helene ist anders als andere in ihrem Alter, denn sie hat eine geistige Behinderung. Das allein wäre ja gar nicht schlimm, aber hinzu kommt noch, dass sie auch an Depressionen und Aggressionen leidet.

Wenn sie depressiv ist, kann sie nicht arbeiten gehen, sondern schläft nur und ist ganz traurig. Sie empfindet das Leben dann nicht mehr als schön. Wird sie jedoch aggressiv, kann sie sich nicht mehr kontrollieren. Sie greift dann in ihrer Wut andere Menschen an, schmeißt Dinge durch die Gegend und zerschmettert ihre Wohnungseinrichtung. Sie war schon in vielen verschiedenen Kliniken, aber nichts hat lange geholfen. Helene lebt in einer kleinen Dachgeschosswohnung und kann aus ihrem Schlafzimmerfenster das ganze Dorf überblicken. Eigentlich ist diese Wohnung gemütlich, aber meistens sieht sie nicht so hübsch aus da vieles bei Wutausbrüchen zerstört wurde.

Helene wird von einem Hilfsdienst begleitet. Liebevolle Frauen besuchen sie jeden Tag für zwei Stunden und helfen ihr, damit sie sich besser zurechtfinden kann. Ihre Eltern wollen keinen Kontakt mehr zu ihr haben. Sie können ihr Verhalten nicht verstehen und haben Angst vor der eigenen Tochter. Helene leidet sehr unter dem Verlust ihrer Eltern, obwohl sie sich nie richtig verstanden haben. Es gab in dieser Familie viel Gewalt und deshalb nur wenig Liebe für Helene.

Es ist Dezember und bald ist Weihnachten. Helene arbeitet in einer Werkstatt für behinderte Menschen in Schmallenberg. Dort wird sie in einer Sondergruppe für verhaltensauffällige Menschen von zwei netten Frauen betreut. Die Gruppe ist klein und Helene fühlt sich dort sehr wohl. Ihre Kollegen haben Verständnis für ihr Verhalten und verzeihen ihr die Wutanfälle. Nun hat sie einen ganz großen Wunsch. Sie möchte so gerne einmal mit dieser Gruppe das Weihnachtsfest feiern. In den letzten drei Jahren hat es nicht geklappt, da sie sich vorher immer so schlimm benommen hat. Frau Fabri war da der Meinung, dass Helene den anderen mit ihrem Verhalten diesen besonderen Tag verderben würde. Jedes Jahr nimmt sie sich fest vor, sich angemessen zu benehmen, damit sie mit der Gruppe feiern kann, aber bisher ist es ihr nicht gelungen.

Helene hat auch diesmal wieder den Willen, sich in die Tagesstruktur der Werkstatt einzufügen und allen zu zeigen, dass sie sich geändert hat. Frau Fabri hat ihr versprochen, dass sie gerne an der Weihnachtsfeier teilnehmen kann, wenn es gut läuft. So gibt sich Helene große Mühe. Sie kommt immer pünktlich zur Werkstatt, arbeitet ohne Murren fleißig und fehlerfrei, vermeidet Streitgespräche und freut sich über jedes Lob ihrer Kollegen und Betreuerinnen. Weihnachten rückt immer näher und von Frau Fabri sieht es für Helene in diesem Jahr gut aus. Helenes Aufregung steigt. Einen Tag vor der Weihnachtsfeier rufen Frau Fabri und Frau Mimmtal sie ins Büro. „So“, sagt Frau Fabri, „wir haben dich in den letzten Wochen genau beobachtet.“ Sie schweigt und Helene bemerkt, wie ihr der kalte Schweiß ausbricht. Was kommt nun?, denkt sie ängstlich. „Also, wir haben bemerkt, dass du dich von deiner besten Seite gezeigt hast, und haben beschlossen, dass du es verdient hast, mit uns allen gemeinsam das Weihnachtsfest zu feiern.“ Frau Mimmtal fügt noch lächelnd hinzu: „Wir sind sehr stolz auf dich und du kannst es auch sein. Mach weiter so.“ „Danke, danke“, sagt Helene und nimmt beide in die Arme. „Ich

werde mich auch weiterhin so gut benehmen. Ich freue mich so sehr auf morgen."

Am nächsten Morgen feiert die ganze Werkstatt einen gemeinsamen Gottesdienst. Einige Behinderte haben zusammen mit dem Pfarrer ein Krippenspiel eingeübt und andere lesen die Fürbitten vor. Helene staunt, denn es ist für sie das erste Mal, dass sie dabei ist. Als das Lied „Stille Nacht, heilige Nacht" gesungen wird, weint sie vor lauter Freude und Rührung. Sie ist so glücklich. Endlich gehört sie dazu! Nach der Messe gehen alle zurück zu ihrer Arbeitsgruppe. Helene muss mit ihren Kollegen vor der Gruppe warten, da die Betreuerinnen erst den Raum vorbereiten müssen. Dann ertönt ein Glöckchen und die Gruppentür öffnet sich. Alle bestaunen den festlich geschmückten Weihnachtsbaum. Gemeinsam singen sie das Lied „O Tannenbaum, o Tannenbaum" und Frau Mimmtal spielt Gitarre dazu. Vor dem Baum stehen vier große Jutesäcke mit Geschenken darin. Damit keiner hineinschauen kann, sind sie mit einer roten Schleife verschlossen. Die Spannung ist riesig groß. Erst wird gemeinsam gefrühstückt, es gibt leckere mit Wurst und Käse belegte Brötchen und Rührei dazu. Im Hintergrund läuft Weihnachtsmusik.

Helene ist gerührt und kämpft die ganze Zeit mit den Tränen. So eine friedliche Weihnachtsfeier hat sie noch nicht erlebt. Die Stimmung ist sehr ruhig und feierlich. Nach dem Frühstück räumen alle den Tisch ab und stellen Teller mit Weihnachtsgebäck darauf. Die Plätzchen wurden von der Gruppe, die den Köchen hilft, selbst gebacken und schmecken köstlich. Dann stehen Frau Fabri und Frau Mimmtal endlich auf und gehen zu den Jutesäcken. Jeder öffnet einen Sack. Helene hält es kaum noch aus. Ob sie wohl auch etwas bekommt? Selbst wenn nicht, wäre es nicht schlimm, denn dass sie heute dabei sein darf, ist das größte Geschenk für sie. Plötzlich fällt ihr Name. Frau Fabri hält ein Geschenk in den Händen und kommt auf sie zu. „Helene“, sagt sie, „das ist für dich. Wir freuen uns alle, dass du in diesem Jahr dabei bist. Frohe Weihnachten.“ Helene nimmt mit zitternden Händen ihr Geschenk entgegen. Dann ist es mit ihrer Beherrschung vorbei und sie bricht in Tränen aus. Sie weint herzzerreißend und kann

nicht mehr aufhören. „Was ist denn los?“, fragen die anderen. „So ein schönes Weihnachten habe ich noch nie erlebt“, sagt Helene mit tränenerstickter Stimme. „Ich danke euch allen und es tut mir schrecklich leid, dass ich mich manchmal so schlimm benommen habe.“ Sie weint und weint. Helene bekommt noch zwei weitere Geschenke und ist nicht in der Lage, sie auszupacken. „Das macht nichts“, sagt Frau Mimmtal, „dann packst du sie aus, wenn du zu Hause bist.“ Dieses schöne Erlebnis bewirkt bei Helene ganz viel. Sie ändert ihr Verhalten und kommt in der Werkstatt immer besser zurecht. Selten nur wird sie aggressiv, und wenn sie depressiv ist, spricht sie mit ihren Betreuern und nimmt gerne ihre Hilfe an. So ein schönes Weihnachtsfest will sie von nun an jedes Jahr mit ihrer Gruppe erleben.

Der geheimnisvolle Weihnachtsdieb

Familie Wirbel wohnt in der Nähe von Olpe in einem kleinen Ort mit dem Namen Stachelau. Ganz abgelegen in einem kleinen Wald. Herr und Frau Wirbel lieben die Ruhe des Waldes und sie genießen es jeden Tag, keinen Straßenlärm und keine Autoabgase ertragen zu müssen. Die beiden haben zwei Söhne, Lukas ist sieben und Dennis ist neun Jahre alt. Sie machen ihrem Nachnamen alle Ehre, denn sie sind zwei richtige Wirbelwinde. Immer haben sie einen Spaß auf Lager und können stundenlang im Wald herumtoben, ohne müde zu werden. Die Eltern haben viel Freude an ihren Jungs. Mit ihnen im Haus lebt noch der Schäferhund Hasso, der eigentlich das Haus bewachen soll, aber lieber schläft, als seiner Pflicht als Wachhund nachzukommen. Stundenlang liegt Hasso vor dem warmen Ofen, eingerollt wie eine Bratwurst und schläft. Die Familie hat sich an dieses Bild schon gewöhnt.

Weihnachten steht vor der Tür und alle sind in großer Aufregung. Papa hat den Garten schon festlich mit Lichterketten geschmückt und den großen leuchtenden Rentierschlitten im Vorgarten aufgestellt. Mama putzt und schrubbt das ganze Haus und hat jede Ecke mit Engeln, Schneemännern und Weihnachtsmännern dekoriert. In allen Fenstern hängen weihnachtliche Motive und überall brennen Kerzen. Die beiden Jungs versuchen, besonders lieb zu sein, denn ständig sagt Mama zu ihnen: „Das Christkind sieht alles.“ Nur Hasso lässt sich von dem ganzen Weihnachtsstress nicht beeindrucken und genießt die Wärme im Haus. Zwei Tage vor Heiligabend fängt Mama immer an, für die Weihnachtstage

zu kochen. Es duftet dann herrlich im ganzen Haus. Wie jedes Jahr stellt sie auch diesmal die vorbereiteten Leckereien über Nacht auf die Terrasse. Als sie am nächsten Morgen auf die Terrasse geht, um die Töpfe reinzuholen, bleibt sie wie erstarrt stehen. Sie schreit laut: „Nein!“ Papa kommt herbeigeeilt und traut seinen Augen nicht. Alle Töpfe sind leer und das leckere Weihnachtsessen ist weg. Mama weint und Papa weiß nicht, was er machen soll. „Wer hat unser Essen gestohlen?“, schreit Mama. „Was sollen wir nun machen?“ „Wir fahren in die Stadt und kaufen schnell noch etwas ein. Dann musst du etwas Neues kochen“, sagt Papa, nur um Mama irgendwie zu beruhigen. „Wie soll das gehen? Ich will heute backen! Zum Kochen habe ich keine Zeit mehr. Der schöne Braten!“, jammert Mama verzweifelt. Sie zittert am ganzen Körper. Lukas und Dennis bleiben artig in ihren Zimmern, denn sie wissen, dass mit Mama in diesem Zustand nicht zu spaßen ist. Und außerdem sieht ja das Christkind alles. Sie haben beide einen langen Wunschzettel geschrieben und hoffen, dass ihnen alle Wünsche erfüllt werden. Deshalb geben sie sich große Mühe, ihre

Eltern nicht zu verärgern. Hasso liegt wie immer vor dem Ofen und schläft. Er lässt sich durch die Aufregung nicht stören. Kurze Zeit später fährt Papa noch einmal nach Olpe, um einen neuen Braten sowie frisches Gemüse zu kaufen. Mama fängt gleich an, den ersten Kuchen zu backen. Bis spät in den Abend hinein sind sie in der Küche beschäftigt. Papa hilft diesmal sogar mit, damit es schneller geht. Um Mama eine Freude zu machen, räumen Lukas und Dennis den Abendbrottisch ab. Sie hoffen natürlich, dass das Christkind gerade in diesen Moment durch ihr Fenster schaut und ihren Einsatz sieht. Artig gehen sie anschließend in ihre Zimmer. Hasso schläft. Nachdem Papa und Mama die Töpfe diesmal in den Keller gestellt haben, setzen sie sich müde ins Wohnzimmer. „Wir lassen die Kellertür auf", sagt Papa, damit wir hören, wenn jemand in den Keller einsteigt und sich über unser Weihnachtsessen hermacht." „Das ist eine gute Idee", meint Mama und gähnt müde. Kurz darauf gehen die Eltern ins Bett. Hasso bleibt vor dem Ofen liegen und schnarcht leise vor sich hin. Es ist gut, wenn er unten schläft und aufpasst, denn so bekommt er mit, wenn im Keller der Weihnachtsdieb kommt.

„Nein, nein, nicht schon wieder!" Das schrille Geschrei von Mama hallt am Morgen durch das ganze Haus und weckt alle auf.

Papa, Lukas und Dennis kommen in den Keller gerannt und sehen, dass wieder alle Töpfe leer sind. Nur Hasso liegt immer noch friedlich schlafend vor dem warmen Ofen. Mama ist mit den Nerven am Ende und Papa ist sprachlos. Wie konnte das geschehen? „Was sollen wir denn morgen Abend essen? Alle Geschäfte sind zu." Mama weint hemmungslos. Die Jungs gehen schnell in die Küche und bereiten den Frühstückstisch vor. Bei dem Geschrei von Mama ist bestimmt auch das Christkind wach geworden und

sieht nun, dass sie den Tisch decken. Morgen gibt es schließlich die Geschenke und sie hoffen auf viele. „Dann essen wir eben nur Kartoffelsalat mit Bockwurst. Dafür haben wir alles im Haus. Den mache ich auch mit den Jungs fertig“, sagt Papa, um seine Frau etwas aufzuheitern. „Das ist kein richtiges Weihnachtsessen“, ruft Mama und läuft schnell nach oben. Gesagt, getan. Papa, Lukas und Dennis bereiten den Kartoffelsalat zu und legen die Bockwürstchen auf einen Teller. „So“, sagt Papa, „heute Nacht stelle ich das Essen vor mein Bett und passe selbst darauf auf!“ Diesen Vorsatz hört Hasso einfach nicht, weil er schon wieder schläft. Jeder bereitet sich heute auf den Heiligen Abend vor und der Tag vergeht wie im Fluge. Alle gehen früh schlafen. Papa stellt den Kartoffelsalat und die Würstchen vor sein Bett.

In der Nacht wird er plötzlich von einem Geräusch geweckt. Erst weiß er nicht, ob es vielleicht nur ein Traum ist. Er lauscht in die Dunkelheit hinein. Dann hört er wieder deutlich das Schmatzen. Er erschrickt und fängt vor Aufregung an zu schwitzen. Der Weihnachtsdieb ist da! Vorsichtig sucht seine Hand den Schalter und knipst das Licht an. Da sieht er den Dieb, der ihn mit munteren Augen anschaut. Es ist kein Geringerer als Hasso. Der Schäferhund hat schon den größten Teil vom Salat gegessen und nur noch eine Wurst ist übrig. Papa schreit. Mama wacht auf und schreit mit. Hasso bekommt es mit der Angst zu tun und läuft eilig nach unten. Alle rennen hinter Hasso her. Der liegt aber schon wieder vor dem Ofen. Er schaut mit treuen Augen seine Herrchen an und wedelt vorsichtig mit seinem Schwanz. Herr und Frau Wirbel starren ihn wütend an. Beide schweigen, weil ihnen die Worte fehlen.

Dann fängt Mama laut an zu lachen. Erst schaut Papa sie sprachlos an, aber dann stimmt er in ihr Lachen ein. Da liegt der Weihnachtsdieb, der alle in Angst und Schrecken versetzt hat. Jetzt wissen sie auch, warum Hasso in den letzten Tagen nur geschlafen hat. Wenn man so viel frisst hat wie Hasso, kann man nur noch schlafen! Wie er da so friedlich liegt und sie mit seinen treuen braunen Augen anschaut, kann ihm keiner mehr böse sein. „Komm“, sagt Papa. „Wir schlafen weiter. Dann essen wir zu Weihnachten nur Brote.“ „Genau“, stimmt Mama zu, „das ist immer noch mehr als manche Menschen zu Weihnachten haben.“ Arm in Arm gehen sie lachend nach oben. Hasso aber bekommt davon nichts mehr mit, denn er ist schon wieder eingeschlafen.

Der große Wunsch nach einem kleinen Wellensittich

Brigitte ist neun Jahre alt und lebt mit ihren Eltern und dem zwei Jahre jüngeren Bruder Kevin in Frühlinghausen, ganz in der Nähe von Balve. In Balve gibt es eine bekannte Höhle, in der viele Theateraufführungen und Musikevents stattfinden. Sie wohnen mitten in der Stadt, in einer großen Wohnung. Brigitte hat ein schönes und gemütlich eingerichtetes Zimmer. Und sie hat ein ganz spezielles Hobby: Sie liebt Vögel über alles. Es gibt kaum etwas Schöneres für sie, als dem Gezwitscher der Vögel zu lauschen.

Besonders im Sommer mag sie es, wenn sie morgens von ihrem Gesang geweckt wird. Sie stellt sich dann immer vor, wie die Tiere stolz auf den Zweigen der Bäume sitzen, ihre Federn aufplustern und sich gegenseitig etwas vorsingen oder sich einfach miteinander unterhalten. Sie kann ihnen am Fenster stundenlang zuhören und spürt dann ein starkes Glücksgefühl in ihrem Herzen.

Am liebsten sitzt sie aber auf einer Bank und hört den Vögeln hautnah in der Natur zu. Seit Jahren schon wünscht sie sich zu Weihnachten einen eigenen Wellensittich, dem sie das Sprechen beibringen kann und der nur für sie alleine singt. Sie würde ihn ganz zahm machen, damit sie mit ihm spielen kann. Aber immer wieder sagen ihre Eltern, dass sie noch zu jung sei, um die Verantwortung für ein eigenes Tier übernehmen zu können.

Es ist Dezember und der Wunschzettel für Weihnachten muss geschrieben werden.

Brigitte schreibt, wie jedes Jahr, mit großen Buchstaben:

> MEIN GRÖSSTER WUNSCH IST NUR EIN KLEINER WELLENSITTICH IN EINEM GROSSEN KÄFIG, DAMIT ER VIEL PLATZ ZUM SPIELEN HAT.

Diesmal schreibt sie noch ganz unten auf den Zettel:

LIEBES CHRISTKIND!

ICH BIN NUN SCHON NEUN JAHRE ALT UND WEISS GENAU, WIE VIEL VERANTWORTUNG EIN EIGENER WELLENSITTICH MIT SICH BRINGT. DER KÄFIG MUSS TÄGLICH SAUBER GEMACHT WERDEN UND ER BRAUCHT IMMER FRISCHES WASSER. DAS FUTTER MUSS ABWECHSLUNGSREICH SEIN. AUSSERDEM BRAUCHT ER AUCH FRISCHEN SALAT UND OBST, DAMIT ER GESUND BLEIBT. JEDEN TAG WERDE ICH MICH UM IHN KÜMMERN UND MIT IHM SPIELEN. BITTE, BITTE, LIEBES CHRISTKIND, ERFÜLLE MIR DIESEN WUNSCH UND ÜBERZEUGE MAMA UND PAPA DAVON, DASS ICH GROSS GENUG BIN. ICH WERDE DICH NICHT ENTTÄUSCHEN.

DEINE BRIGITTE

Sie legt den Wunschzettel abends auf die Fensterbank und freut sich am nächsten Morgen, dass er nicht mehr dort liegt. Brigitte hat sich vorgenommen, ihren Eltern und dem Christkind zu zeigen, dass sie kein kleines Kind mehr ist. Sie räumt immer allein ihr Zimmer auf und macht ordentlich ihre Hausaufgaben. Abends geht sie ohne Gemecker ins Bett und hilft sogar ihrer Mama in der Küche. Sie freut sich über jedes Lob ihrer Eltern, und je näher Weihnachten rückt, umso sicherer ist sie, dass es diesmal mit dem Wellensittich klappt. Aber sie spricht ihren großen Wunsch auch nicht mehr an.

Endlich ist das lange Warten vorbei und es ist Heiligabend. Brigitte ist sehr aufgeregt. Den ganzen Tag über benimmt sie sich tadellos und spielt sogar mit ihrem kleinen Bruder, obwohl sie das

gar nicht gerne macht. Sie findet ihren Bruder langweilig, weil er immer nur mit Playmobil bauen und spielen will. Aber heute macht sie eine Ausnahme, denn es geht schließlich um Weihnachten. Nach dem Mittagessen badet sie und zieht sich besonders schön an. Sie wählt das Jeansträgerkleid aus, die rote Bluse und eine rote Strumpfhose dazu. Ihre langen Haare bindet sie zu einem Pferdeschwanz. Sie steht vor dem Spiegel und betrachtet sich genau. Als sie mit ihrem Anblick zufrieden ist, geht sie zu ihren Eltern. Sie freut sich, dass auch die Eltern ihr Outfit sehr gelungen finden. Dann geht es mit Mama und ihrem Bruder in die Kirche. Papa bleibt zu Hause und schmückt traditionell den Weihnachtsbaum. In der Messe kann sie sich kaum auf das Krippenspiel konzentrieren, weil sie so aufgeregt ist.

Endlich ist es vorbei und sie machen sich auf den Weg nach Hause. Die Aufregung wächst. Brigitte hat ein kräftiges Kribbeln im Bauch. Bevor sie ins Wohnzimmer gehen, singen sie noch ein gemeinsames Weihnachtslied. Heute kommt es Brigitte unendlich lange vor. Dann sagt Kevin ein Gedicht auf und sie spielt „O, Tannenbaum“ auf der Blockflöte vor. Plötzlich ertönt die Glocke und sie dürfen das Wohnzimmer betreten. Sie bestaunen den festlich geschmückten Baum, der den ganzen Raum mit seinem Kerzenlicht erhellt. Er ist Papa wieder wunderschön gelungen. Unter dem Baum liegen die vielen, in Weihnachtspapier eingepackten Geschenke. Brigitte schaut genau hin und erstarrt. Sie sieht große und kleine Geschenke, aber keines sieht aus, als wäre ein Wellensittichkäfig darin verpackt. „Ah“, denkt sie, „einen Käfig packt man bestimmt nicht ein, denn der Vogel würde nicht genug Sauerstoff bekommen.“ Sie schaut sich im ganzen Wohnzimmer um und lauscht angestrengt, ob sie ein Zwitschern hört.

Aber nichts ist zu sehen und auch nichts zu hören, was auf einen Vogel hinweist. Brigitte ist schrecklich enttäuscht. Sie hat wenig Freude beim Auspacken ihrer Geschenke.

Als das letzte Geschenk ausgepackt ist, kann sie sich nicht mehr zusammenreißen. Sie bricht in Tränen aus. „Was ist denn nun los?“, fragt Papa und schaut sie an. „Gefallen dir die tollen Sachen denn nicht?“, will Mama wissen. Die Eltern stehen vor Brigitte und schauen sie an. Sie kann aber nicht aufhören zu weinen. „Doch, danke“, ist das Wenige, was sie mit all den Tränen zittrig hervorbringt. Es entsteht eine Pause. Die Eltern schauen sie einfach nur schweigend an. „Aber ich habe mir doch einen kleinen Wellensittich gewünscht und keine Spiele oder so“, setzt sie trotzig nach. Um ihrer Enttäuschung Nachdruck zu geben, schlägt sie sich auf die Oberschenkel. „Mein liebes Fräulein“, sagt Papa mit etwas wütender Stimme, „ich glaube, du bist gerade sehr ungerecht und verdirbst uns allen den schönen Abend.“ „Mir doch egal“, schreit Brigitte nun ungehalten. „Warum habe ich denn keinen Vogel bekommen?“ Sie weint und weint. „Ich möchte, dass du sofort auf dein Zimmer gehst. Wir sprechen uns dann später“, sagt Papa und zeigt in Richtung Flur. Brigitte rennt los und sagt noch wütend, bevor sie den Raum verlässt: „Ihr seid ja so gemein.“

Sie geht in ihr dunkles Zimmer und knallt die Tür zu. Traurig wirft sie sich auf ihr Bett und weint bitterlich. Dann stockt sie. Was war denn das? Da ist doch ein fremdes Geräusch. Sie macht das Licht an ihrem Nachtschrank an und quiekt vor Vergnügen. Auf dem Schreibtisch steht ein großer Vogelkäfig mit einem kleinen bunten Wellensittich darin. Nun weint sie vor Freude. Ihre Zimmertür öffnet sich und ihre Eltern stehen im Türrahmen. „Frohe Weihnachten“, wünschen beide gemeinsam. Brigitte

springt auf und nimmt ihre Eltern in die Arme. „Entschuldigung und danke“, sagt sie verschämt. „Ich habe mich gerade sehr unhöflich und kindisch benommen.“ „Ach“, meint Mama, „alles halb so schlimm. Wir mussten dich ja irgendwie aufs Zimmer schicken.“ Brigitte strahlt und sagt: „Ich werde euch nicht enttäuschen und mich immer um Kicki, so heißt er ab heute, richtig kümmern. Ihm wird es an nichts fehlen.“ So geht Brigittes großer Wunsch nach einem kleinen Wellensittich endlich in Erfüllung.

Die Geschichte von den Weihnachtsplätzchen

Laura ist 14 Jahre alt und geht in die neunte Klasse des Bergstadt Gymnasiums in Lüdenscheid. Sie wohnt mit ihren Eltern in einem kleinen Haus in Heesfeld und fährt jeden Tag mit dem Schulbus. Laura geht gerne zur Schule und ist eine gute Schülerin. Zu ihren Lieblingsfächern gehören Englisch, Deutsch und Ernährungslehre.

Es ist Dezember und deshalb backen sie in Ernährungslehre jetzt verschiedene Weihnachtsplätzchen. Als Laura heute aus der Schule kommt, fragt sie am Mittagstisch ihre Mama, ob sie für die Familie Weihnachtsplätzchen backen darf. „Gerne“, sagt Mama. „An welche hattest du denn gedacht?“ Laura braucht nicht lange zu überlegen und sagt: „Ich möchte gerne Schokocrossies und Kokosmakronen backen!“ „Ok“, antwortet Mama, „dann mach eine Zutatenliste fertig, damit wir einkaufen gehen können.“ Gleich nachdem Laura ihre Hausaufgaben beendet hat, setzt sie sich mit ihrem Kochbuch an den Tisch und schreibt ihren Einkaufszettel. Dann läuft sie zu Mama und zeigt ihn ihr. „Was, so viel?“, fragt die. „Für wen willst du denn alles Plätzchen backen?“ Erstaunt schaut ihre Mama auf die Liste. „Das sind die leckersten Plätzchen, die es gibt“, erklärt Laura. „Ich will Oma, Tante Hedwig und meiner Schulklasse auch welche abgeben. Da brauche ich jede Menge Plätzchen.“ „Aber du machst anschließend alles wieder sauber“, erwidert Mama. „Versprochen“, sagt Laura. Dann nehmen sie ausreichend Tragetaschen, steigen ins Auto und fahren in den ALDI nach Lüdenscheid.

Wieder zu Hause, tragen sie alles gemeinsam ins Haus und Laura macht sich gleich an die Arbeit. Im Stillen hat sie doch Bedenken wegen der Menge. Ob das nicht doch zu viel ist? Sie backt und backt. Damit die Schokocrossies schnell erkalten, stellt sie die

Teller mit den frischen Plätzchen zum Abkühlen hinter das Haus. Draußen ist es eisig kalt und da werden sie ganz schnell fest. Laura hat schon einen ganz roten Kopf vor Anstrengung. Aber sie beklagt sich nicht bei Mama, sondern macht fleißig weiter. Mama steckt manchmal den Kopf durch die Küchentür und grinst Laura an. Laura lässt sich nicht beirren und backt, bis der ganze Teig verarbeitet ist. Damit auch die Kokosmakronen schneller kalt werden, stellt sie auch diese hinter das Haus. Mittlerweile ist es schon Abend. Schnell macht Laura die Küche sauber, damit Mama das Abendessen zubereiten kann. Erschöpft geht sie duschen, weil sie von oben bis unten nach Plätzchen riecht. Die Plätzchen lässt sie noch draußen stehen. Wenn sie ganz kalt sind, kann ich sie sofort in eine Dose legen. Dann ruft auch schon ihre Mama zum Essen.

Laura geht ins Esszimmer. Sie ist hungrig und freut sich auf Bratkartoffeln mit Spiegelei. „Das ist genau das richtige Essen nach

der Schufterei“, sagt Laura zu Mama und langt kräftig zu. „Du warst aber auch richtig fleißig“, erwidert Mama. „Nun haben wir so viele Plätzchen, da muss ich gar nicht mehr so viel backen.“ Plötzlich kracht es. Alle schrecken zusammen. „Ach“, sagt ihre Mama, „nur eine Dachlawine“. Sie essen weiter. Dann kracht und rumpelt es wieder. Der nächste Schnee hat sich seinen Weg vom Dach gebahnt. Dann springt Laura auf, schreit hysterisch: „Meine Weihnachtsplätzchen“, und rennt nach draußen. Mama läuft hinterher. Sprachlos stehen sie hinter dem Haus. Da, wo vorher die vielen Plätzchen zum Erkalten standen, sind nur noch riesige Schneehaufen zu sehen. Die Plätzchen sind darunter begraben. Laura und Mama sind sprachlos. Sie schauen sich an und fangen plötzlich laut an zu lachen. Papa kommt gerade von der Arbeit und hört ihr Gelächter. Er geht um die Garage herum und bleibt verdutzt vor seiner Frau und seiner Tochter stehen. „Was gibt es denn da so zu lachen?“, fragt er die beiden. „Da war eine Dachlawine“, prustet Laura hervor. Papa zögert und fragt dann: „Was ist daran so lustig?“ Mama hält sich vor Lachen den Bauch und erzählt ihrem Mann mit vielen lachenden Unterbrechungen, dass Laura den ganzen Tag eifrig gebacken hat und alle Plätzchen nun unter der Lawine begraben sind. Papa lacht mit. Nachdem sich alle wieder beruhigt haben, holen sie sich Schaufeln und Löffel, um die Plätzchen aus den Schneemassen

zu befreien. Gott sei Dank war es nur Schnee und alle Plätzchen können unbeschadet gerettet werden. So schnell wird Laura keine Plätzchen mehr zum Abkühlen hinter das Haus stellen.

Weihnachtsstimmung für Silvia

Silvia wohnt in Schederberge. Sie hat schon immer in diesem winzigen Ort zwischen Meschede und Bestwig gelebt, um genau zu sein, schon sieben Jahre, denn so alt ist sie. Sie ist Einzelkind und lebt mit ihren Eltern in ärmlichen Verhältnissen, ganz in der Nähe vom Pulverturm. Sie ist ganz oft traurig, weil der Alltag sie überfordert. Jeden Tag gibt es Streit, weil Papa oft nicht gut gelaunt ist. Silvia findet, dass er sehr ungerecht mit Mama umgeht, denn ständig schreit er sie an. An allem gibt er ihr die Schuld und mehrfach hat er sie schon geschlagen. Silvia weiß, dass er seine Arbeit verloren hat und sehr viel Bier trinkt. Ob er keine neue Arbeit findet, weil er so viel trinkt, oder ob er trinkt, weil er keine Arbeit bekommt, das weiß sie nicht. Vielleicht auch von beidem ein bisschen. Auf jeden Fall ist sie in ihrem Zuhause unglücklich und weint deshalb häufig.

Trotzdem liebt sie ihre Eltern sehr. In zwei Monaten ist Dezember und alle in ihrer Klasse freuen sich auf die Weihnachtszeit und natürlich auf Weihnachten. Ständig erzählen sie sich gegenseitig, was sie sich alles wünschen. Nur Silvia steht stumm dabei. Wenn sie von den anderen nach ihren Wünschen gefragt wird, sagt sie immer nur: „Ich weiß es noch nicht." Oder: „Da mache ich mir doch jetzt noch keine Gedanken drüber." Aber die Realität sieht ganz anders aus. Silvia hat große Angst vor Weihnachten, denn in dieser Zeit ist es zu Hause besonders schlimm. Im letzten Jahr hat Papa, nachdem er ganz viel Bier getrunken hatte, Mama so geschlagen, dass sie gestürzt ist und mit einer Platzwunde und Gehirnerschütterung im Krankenhaus lag. Dort erklärte sie den Ärzten, dass sie die Kellertreppe hinuntergefallen und mit dem Kopf vor die Wand geschlagen sei. Eine Ärztin hat sie gefragt, ob Papa schuld an den Verletzungen sei, aber Mama hat alles bestritten und blieb bei der Version mit der Kellertreppe. Silvia kann nicht verstehen, warum Mama nicht die Wahrheit gesagt hat, aber sie vermutet, dass sie große Angst hat. Dieses Erlebnis hat Silvia noch deutlich vor Augen und deshalb graut es ihr vor Weihnachten. Aber das kann sie natürlich nicht vor ihren Klassenkameraden sagen und deshalb redet sie sich raus.

Als Silvia an diesem Tag aus der Schule kommt und auf die Wohnungstür zugeht, fängt sie an zu zittern. Ganz laut kann sie Papa schreien und Mama weinen hören.„Nein, bitte nicht schon wieder", denkt Silvia und beginnt zu weinen. Die Wohnungstür der Nachbarin wird geöffnet und heraus schaut das freundliche Gesicht von Frau Bange. „Hallo Silvia", sagt sie leise. „Bitte, komm doch erst mal zu uns. Deine Eltern haben gerade etwas zu klären." Freundlich hält sie die Tür auf und Silvia geht in die Wohnung. Den ganzen Tag bleibt Silvia bei Familie Bange. Sie isst dort zu Mittag, macht ihre Hausaufgaben und spielt anschließend mit den vierjährigen Zwillingen. Ihre Mama kommt nicht rüber und immer wieder sind laute Poltergeräusche oder Schreie zu hören. Am Abend fährt ein Streifenwagen der Polizei vor das Haus und nimmt Papa mit. Mama wird ins Krankenhaus gebracht und Silvia soll bei Familie Bange übernachten.

Silvia kann kaum schlafen, weil sie spürt, dass etwas geschehen wird. Als sie am nächsten Morgen mit Familie Bange am Frühstückstisch sitzt, klingelt es an der Haustür. Zwei Polizeibeamte und eine dunkelhaarige Frau stehen dort. „Hallo“, grüßt die Frau freundlich und geht auf Silvia zu. Sie gibt ihr die Hand. „Mein Name ist Bernadette Hölscher, ich komme vom Jugendamt und möchte mich mit dir gerne unterhalten. Können wir uns vielleicht ins Wohnzimmer setzen“, fragt sie Frau Bange, und als diese vorangeht, folgt sie ihr. Silvia geht zaghaft hinterher. Über eine Stunde spricht Silvia mit Frau Hölscher, und weil sie Vertrauen zu ihr hat, erzählt sie ihr auch ganz ehrlich, wie es zu Hause ist, wie gemein und brutal Papa sein kann, wie verzweifelt Mama wirkt und dass sie selbst ganz unglücklich ist und große Angst hat. Frau Hölscher hört ihr aufmerksam zu. Am Ende sagt sie zu Silvia: „Wir nehmen dich nun erst einmal mit. Deine Mama muss noch im Krankenhaus bleiben und wird anschließend zur Kur fahren. Sie muss erst einmal gesund werden und braucht viel Ruhe, um wieder zu Kräften zu kommen.“ Silvia beginnt zu weinen und Frau Hölscher nimmt sie in den Arm. „Wir haben eine ganz liebe Familie gefunden, bei denen du erst einmal bleiben kannst. Du hast dort ein schönes Zimmer und kannst mit der Tochter spielen, die ist sieben Jahre alt, genau wie du.“ Silvia weint bitterlich. „Was ist, wenn sie mich nicht mögen?“, fragt Silvia und schaut traurig Frau Hölscher an. „Das wird nicht geschehen, denn diese Familie ist wirklich super nett und nach einer kurzen Eingewöhnungszeit wird es dir dort sicherlich gut gefallen", antwortet diese und drückt Silvia feste an sich.

Noch am gleichen Abend verlässt Silvia mit Frau Hölscher das Haus. Ein großer Koffer mit Bekleidung, ihre liebsten Kuscheltiere und ein paar Bücher werden im Kofferraum verstaut und Silvia nimmt weinend auf dem Rücksitz Platz. Sie fahren etwa eine halbe Stunde und halten schließlich vor einem kleinen Haus mit Garten. Sofort öffnet sich die Haustür. Ein Mann und eine Frau kommen lächelnd auf Silvia zu. Im Türrahmen bleibt ein Mädchen stehen. Sie begrüßen Silvia freundlich und zeigen ihr das Haus und ihr Zimmer. Silvia ist sprachlos. Ein so großes Zimmer hat sie noch nie bewohnt. Dieser Anblick lässt sie etwas aufatmen. Dann fährt Frau Hölscher nach Hause. Peter und Renate Kraft kommen zusammen mit der Tochter Anette zu Silvia und bitten sie zum Abendessen. Schüchtern geht sie mit ihnen und kann nicht glauben, was dort alles auf dem Tisch steht. So viele frische Lebensmittel gab es in ihrer Familie nie. Und gemeinsam haben sie selten gegessen. Silvia fühlt sich langsam wohl und auch in den nächsten Wochen findet Silvia immer mehr Gefallen an ihrem neuen Zuhause. Mit Anette versteht sie sich immer besser. Sie lachen viel zusammen, machen gemeinsam Hausaufgaben und spielen stundenlang miteinander. Mama ruft jeden Tag an und sie erzählen sich dann immer, was sie so erlebt haben. Silvia freut sich, dass es Mama langsam besser geht. Aber es dauert noch, bis sie wieder zu ihr kommen kann.

Nun ist der erste Dezember, und als Silvia morgens aufsteht, hängen in der Küche zwei Adventskalender, einer für Silvia und einer für Anette. Überall stehen Weihnachtsmänner und glitzernde Engel. Über Nacht ist das ganze Haus in weihnachtliche Stimmung gebracht worden. Silvia schaut sich alles ganz genau an. „Wenn Mama wieder gesund ist“, sagt sie zu Renate und Peter, „dann machen wir es zu Hause genauso schön.“ Sie strahlt über das ganze Gesicht. Jeden Abend setzen sie sich gemeinsam ins Wohnzimmer, machen die Kerzen vom Adventkranz an, singen Weihnachtslieder und essen Nüsse und Mandarinen. Einer der Eltern liest dann eine weitere Geschichte aus dem Buch „Weihnachten mit Schnüpperle“ vor. Silvia kann es immer kaum erwarten, zu wissen wie es mit dem kleinen Jungen in dem Buch weitergeht. Ihr sind auch diese Rituale fremd und abends im Bett sagt sie müde, aber glücklich zu Renate: „Im nächsten Jahr werde ich mit Mama auch so herrlich die Weihnachtszeit verbringen. Danke, liebe Renate, ohne euch hätte ich so eine schöne Weihnachtsstimmung niemals kennengelernt.“ Glücklich liegt sie im Arm von Renate und schläft zufrieden ein. Jeden Abend erzählt sie Mama von der neuen Geschichte und verrät ihr, was in ihrem Adventskalender gewesen ist. „Ach Mami“, sagt sie oft zu ihr, „könntest du doch nur diese schöne besinnliche Weihnachtsstimmung erleben! Es wäre so schön, wenn du bei mir sein könntest.“ „Wir müssen Geduld haben“, sagt Mama dann immer. Traurig singt sie zum Schluss des Telefonats mit Mama zusammen ein Weihnachtslied und stellt sich dabei vor, dass Mama sie in den Armen hält. Silvia lässt ihre Augen geschlossen und genießt diesen besonderen Moment.

Heute ist Heiligabend. Silvia und Anette sind ganz aufgeregt. Gleich nach dem Frühstück haben sie ihre Zimmer aufgeräumt und sogar ihre Betten gemacht. Ihre weihnachtliche Stimmung ist riesengroß und das Kribbeln im Bauch wird immer schlimmer. Zu

Mittag essen alle nur belegte Brötchen, da es abends eine leckere Weihnachtsgans mit Rotkohl und Kartoffelklößen gibt. Um zwei Uhr sagt Peter zu Silvia: „Kannst du mal mit mir zum Bahnhof fahren, um Oma Inge abzuholen?“ „Aber die kenne ich doch nicht“, sagt Silvia überrascht zu Peter. Der lacht und meint mit einem Zwinkern im Gesicht: „Dann wird es Zeit, dass du sie kennenlernst.“ Da Silvia sich vorgenommen hat, heute besonders lieb zu sein, steigt sie ohne ein weiteres Wort zu sagen, in das Auto ein. Am Bahnhof brauchen sie gar nicht lange zu warten, da kommt auch schon der Zug. „Da ist Oma Inge“, sagt Peter und geht auf eine kleine Frau zu, umarmt sie und drückt ihr einen dicken Kuss auf die Wange. „Und du musst Silvia sein“, sagt Oma Inge und nimmt das Mädchen in den Arm. „Schön, dich endlich kennenzulernen, denn ich habe schon so viel von dir gehört.“ „Danke“, antwortet Silvia noch etwas schüchtern, aber tief in ihrem Bauch hat sie das Gefühl, dass sie sich mit Oma Inge bestimmt gut verstehen wird. Sie dreht sich um und will Richtung Ausgang gehen.

„Warte doch mal“, sagt Peter da. „Wir müssen noch jemanden mitnehmen.“ Er schaut wieder zum Zug und Silvia folgte seinem Blick. Dann schreit Silvia laut auf und rennt los. Nur ein paar Meter entfernt von ihr steht mit einem großen Koffer und einem Strauß Blumen ihre Mama. Sie fallen sich in die Arme und weinen vor Freude los. „Mama, Mama, wie schön, dass du da bist!“, sagt Silvia mit tränenerstickter Stimme. „Wie ich mich erst freue“, ruft ihre Mama. „Ich habe dich so vermisst.“ Dann dreht sie sich zu Peter und Oma Inge um und begrüßt sie. Während der Fahrt nach Hause liegt Silvia glücklich in den Armen von Mama und redet unentwegt auf sie ein. Zu Hause zeigt sie Mama, nachdem sie auch Anette und Renate kennengelernt hat, ihr Zimmer und stellt fest, dass dort noch ein weiteres Bett aufgestellt worden ist. „Du bleibst eine Nacht bei mir?“, fragt Silvia glücklich. „Nicht nur eine Nacht. Peter und Renate haben mich eingeladen, dass ich das Weihnachtsfest und Silvester hier mit allen feiern kann“, sagt Mama und schaut das Ehepaar dankbar an. „Zu Hause ist es ja auch gar nicht weihnachtlich“, meint Silvia. Dann rennt sie schnell zu Peter und Renate und nimmt sie mit Tränen in den Augen in den Arm. „Danke, danke, ihr seid die Besten auf der Welt“, flüstert Silvia und dann fügt sie mit einem Lächeln schnell hinzu: „Nach Mama natürlich.“

Silvia ist überglücklich. So ein schönes Weihnachten hat sie noch nie erlebt, aber das Allerschönste ist der Überraschungsbe-

such von Mama. Nach einem stärkenden Kaffee und Tee machen sich alle fertig für die Weihnachtsmesse. Silvia zieht das blaue Kleid mit der weißen Spitze an, das Renate extra für Heiligabend gekauft hat, und fühlt sich wie eine Prinzessin. Auch die anderen machen sich richtig schick. Die Messe dauert sehr lange, aber Silvia genießt jede Sekunde in dieser herrlichen Stimmung. Sie sitzt zwischen ihrer Mama und Anette und hält deren Hände. Sie fühlt sich gut. Zu Hause hat Oma Inge das Essen fertig gemacht und nach einem gemeinsamen Lied lassen es sich alle schmecken. Bevor es endlich die Geschenke gibt, liest Peter noch die letzte Geschichte von „Weihnachten mit Schnüpperle“ vor. Silvia und Anette können es kaum erwarten. Dann endlich findet die Bescherung statt. Die Mädchen bekommen viele tolle Geschenke und kommen aus dem Staunen nicht mehr heraus. Bis halb zehn sind sie damit beschäftigt, alles auszuprobieren. Dann müssen sie ins Bett.

Silvia liegt in ihrem Bett und kuschelt sich glücklich und müde an Mama. „Wenn wir wieder nach Hause fahren“, sagt Mama leise zu ihrer Tochter, „wird Papa nicht mehr da sein. Ich habe mich von ihm getrennt und er ist in einen ganz anderen Ort gezogen.“ Silvia schaut Mama an und sagt: „Mama, was zwischen euch geschehen ist, war ganz schlimm für mich. Kann ich Papa denn trotzdem mal besuchen?“ „Aber Papa liebt dich sehr, und wenn sich alle an die neue Situation gewöhnt haben, kannst du ihn natürlich jederzeit besuchen“, antwortet Mama. „So, nun versuch zu schlafen.“ Sie küsst Silvia liebevoll. „Ich verspreche dir, dass es ab dem neuen Jahr nur noch schön wird. „Aber auch mit so einer schönen Weihnachtsstimmung“, murmelt Silvia noch leise, bevor sie selig einschläft.

Die traurigen Tannenzweige

Im tiefen Sauerland, besser gesagt, in Stryck, einem Ort in der Nähe vom Skigebiet Willingen, gibt es eine große Tannenschonung. In dieser Schonung werden die Tannenbäume extra für Weihnachten gepflanzt. Jahr für Jahr kommt der Besitzer und schlägt die schönsten Bäume heraus, legt sie auf einen kleinen LKW und bringt sie zum Verkauf auf einen der vielen Weihnachtsmärkte in den Städten.

Die Tannenzweige an einem Baum warten jedes Jahr darauf, dass etwas mit ihnen geschieht. Immer wieder haben sie von den anderen Bäumen gehört, dass sie sich wünschen, einmal als festlich geschmückter Weihnachtsbaum in dem warmen Wohnzimmer einer Familie zu stehen und mit ihrem Aussehen die Augen der kleinen und großen Menschen zum Leuchten zu bringen. Die Tannenzweige sind traurig, denn immer wieder werden Bäume geschlagen, aber sie bleiben mit ihrem Baum stets zurück. „Sind wir nicht groß oder schön genug?“, denken sie dann und weinen stumm vor sich hin. „Ach“, sagt eines Morgens ein anderer Baum zu den Zweigen, als sie wieder traurig herabhängen.

„Genießt die Zeit hier im Wald. Die Hasen und Eichhörnchen sind froh, dass es uns gibt, denn wir geben ihnen Schutz, wenn der Schnee kommt. Freut euch, wenn sie um uns herum spielen und uns brauchen.“ Er schaut die traurigen Zweige aufmunternd an und fügt hinzu: „Solange wir hier im Wald stehen, geht es uns doch gut. Es ist ruhig und wir haben genug Licht, um zu wachsen. Ein Zweig, der auf dem Laster vergessen wurde, hat mir erzählt, dass es in der Stadt hektisch und laut ist und es nach Abgasen riecht.“ „Aber wir wollen trotzdem in die Stadt und den Menschen Freude machen“, antworten die Zweige mit trauriger Stimme. Da der Baum nicht mehr weiß, wie er die Zweige noch aufmuntern soll, sagt er nur: „Vielleicht habt ihr ja in diesem Jahr Glück“, und dann schweigt er.

Währenddessen wird es immer kälter und die ersten Schneeflocken legen sich leise auf die Tannenbäume nieder. Sie wissen, dass es bald wieder so weit ist und der Besitzer der Schonung angefahren kommt, um Bäume für die Weihnachtsmärkte auszusuchen. Die traurigen Tannenzweige hoffen darauf, dass sie diesmal schön und groß genug sind und endlich mitgenommen werden. Dann ist eines Morgens, erst leise und dann immer lauter, das Motorengeräusch des kleinen Lasters zu hören. Zwei Männer steigen aus und stehen vor der Tannenschonung. „Dann wollen wir mal loslegen“, sagt der ältere Mann, den die Bäume schon aus den vergangenen Jahren kennen. Sie gehen an die Ladefläche des Lasters und kommen mit einer Axt und einer Motorsäge zurück. Getrennt machen sie sich in der Schonung zu schaffen. Wenn ihnen ein Baum gefällt, stellen sie den Motor der Säge an und fällen ihn. Die traurigen Tannenzweige beobachten aufgeregt, was vor sich geht. Einer der beiden Männer kommt plötzlich auf sie zu, bleibt stehen und schaut sich den Baum ganz genau an. Die Zweige wagen nicht zu atmen. Dann springt die Säge an und der Baum wird gefällt. Die Zweige jubeln.

Als sie an dem anderen Baum vorbeigetragen werden, flüstert dieser: „Lebt wohl. Ich hoffe, dass ihr den Menschen große Freude bereiten werdet." Er schaut ihnen nach, bis sie auf den Laster gelegt werden. Es folgt eine lange und holprige Fahrt durch die schöne Schneelandschaft. Sie endet auf dem Weihnachtsmarkt in Marsberg. Die Zweige genießen die Reise voller Vorfreude auf das, was nun mit ihnen geschehen wird. Dann hält der Wagen und alle Bäume werden abgeladen. Es ist laut und es riecht ganz streng nach Abgasen. Die Zweige denken an die Worte des anderen Baumes und müssen ihm recht geben. Hier ist es nicht so schön und ruhig wie im Wald. Aber sie sind aufgeregt und genießen das bunte Treiben auf dem Weihnachtsmarkt. Eine junge Familie mit zwei Kindern kommt, schaut sich den Baum an und nimmt ihn mit Freude in den Augen mit. Die Zweige am Baum können ihr Glück kaum fassen. Nach einer kurzen Reise im Kofferraum der Familie bleibt der Wagen in einem verschneiten und eisig kalten Dorf mit dem Namen Obdorf stehen. Die Kinder helfen ihrem Papa, den Baum ins Haus zu tragen. Aufgeregt schauen sich die Zweige ihr neues Zuhause an. Der Papa kommt mit einer Axt, schlägt die unteren Zweige ab und befestigt den Baum in einem Ständer, bis er gerade steht. Die abgeschlagenen Zweige haben große Angst davor, dass sie nun weggeworfen werden. Sie weinen leise. Der Mann hebt sie vom Boden auf und trägt sie in die Küche. Die Zweige schreien verzweifelt auf. Er legt

sie auf den Tisch. Dann nähert sich die Frau und schneidet mit einem Seitenschneider die Zweige vom Ast ab. „Was geschieht nun mit uns?“, denken die Zweige voller Sorge. Die Mama nimmt sie, legt sie um einen Kranz und befestigt sie mit Draht daran. Anschließend steckt sie vier wunderschöne Schleifen, rote Kugeln und vier Kerzen in dem Kranz fest und stellt ihn auf einen großen Teller. Die Zweige wagen nicht, sich zu bewegen, sondern warten ab, was nun mit ihnen passieren wird. Die Frau trägt den Kranz ins Wohnzimmer, wo der Weihnachtsbaum in der Zwischenzeit festlich geschmückt worden ist. Auch an ihm hängen rote Christbaumkugeln und die gleichen Schleifen wie an dem Kranz. Die Zweige freuen sich, als sie sich wiedersehen, und bewundern sich gegenseitig. Was fühlen sie sich doch schön und glücklich!

Das lange Warten der letzten Jahre hat sich gelohnt. Abends werden die Kerzen am Baum angemacht und nach jeder Woche wird eine weitere Kerze am Adventskranz angezündet. Als alle vier brennen, werden bunte Geschenke verteilt und das Haus ist voller Menschen. Alle bestaunen den Weihnachtsbaum und den Kranz. Die Zweige am Baum richten sich stolz auf und die am Kranz breiten ihre Tannennadeln weit aus, damit der Kranz schön voll aussieht. Es ist so schön, das Leuchten in den Augen der Menschen zu sehen und ihre Bewunderung zu spüren. Die Zweige sind überglücklich, denn es ist viel schöner, als sie es sich vorgestellt haben.

Ein besonderes Geschenk für Mama

Es ist November und das Wetter im Sauerland ist kalt und regnerisch. Der Dunst, der über dem ganzen Land liegt, löst sich nur schwer auf. Bloß wenige Menschen gehen vor die Tür, fast alle machen es sich lieber vor dem warmen Kamin gemütlich. So auch Kim und Theresa. Sie sind Geschwister und leben zusammen mit ihrer Mama in Niedereimer. Das ist ein gemütliches, kleines Örtchen zwischen Arnsberg und Bruchhausen.

Ihr Papa lebt leider nicht mehr, denn er ist vor sechs Jahren an Krebs gestorben. Er fehlt den Mädchen jeden Tag und ständig denken sie an ihn. Bald steht Weihnachten vor der Tür und gerade jetzt wäre es besonders schön, wenn er noch bei ihnen wäre. Mama versucht alles, um Papas Verlust zu ersetzen, aber trotzdem fehlt er ihnen. Auch Mama hat sich noch nicht daran gewöhnt, denn seit Papa gestorben ist, ist sie allein und hat keinen anderen Mann in ihr Leben gelassen. Kim und Theresa sind Zwillinge und schon 14 Jahre alt. Beide gehen ihre eigenen Wege. Sie sind in Sportvereinen, gehen in Bestwig zur Schule und haben viele Freunde, mit denen sie gerne ihre Freizeit verbringen. Aus diesem Grunde ist Mama viel allein. Die Mädchen haben oft ein schlechtes Gewissen, weil sie so wenig Zeit für sie haben. Mehrfach haben sie schon zu ihr gesagt, sie solle sich doch einen neuen Mann suchen. Sie sei viel zu jung und schön, um allein durchs Leben zu gehen. Mama lacht dann immer nur und sagt jedes Mal: „Ich habe doch euch beide und das reicht mir. Ich brauche keinen Mann. Außerdem kann keiner euren Papa ersetzen.“

Als Kim und Theresa mal wieder allein zu Hause sind, sprechen sie wieder mal darüber. „Mama braucht einen Mann, mit dem sie glücklich wird“, sagt Kim. „Wenn wir in ein paar Jahren ausziehen, ist sie ganz allein im Haus und das ist nicht gut für sie.“

„Genau“, sagt Theresa, „aber sie geht nirgendwohin, um einen Mann kennenzulernen.“ „Noch nicht einmal eine Annonce gibt sie auf“, fügt Kim hinzu. Nach einer kleinen Pause lacht Theresa leise los. „Und was ist, wenn wir beide über die Zeitung einen Mann für Mama suchen?“, fragt sie ihre Schwester und sieht sie mit schiefem Kopf an. Erst schaut Kim verdutzt, aber dann erhellen sich ihre Gesichtszüge. „Das ist eine super Idee! Wenn Mama ihr Glück nicht selber sucht, müssen wir ihr dabei auf die Sprünge helfen“, sagt sie und hält ihrer Schwester die flache Hand hin, damit sie einschlagen kann. „Also, abgemacht. Wir ziehen das durch und sagen niemandem etwas davon“, beschließt Kim. Sie holt von ihrem Schreibtisch einen Block und einen Kugelschreiber. „Dann schreiben wir mal die Annonce, damit wir für Mama den zweiten Traummann finden“, erklärt Kim und setzt sich dicht neben ihre Schwester. Nach nur einer Stunde ist die Annonce fertig: Sie Lautet:

WIR SIND ZWILLINGE UND SUCHEN FÜR UNSERE WUNDERSCHÖNE MAMA EINEN NEUEN MANN.

SIE IST FÜNFUNDVIERZIG, SCHLANK, IMMER GUT GELAUNT UND LUSTIG, NICHTRAUCHERIN UND GEHT GERNE SCHWIMMEN UND JOGGEN.
WELCHER GROSS GEWACHSENE, SPORTLICHE MANN, IM ÄHNLICHEN ALTER UND MIT GLEICHEN HOBBYS, MÖCHTE UNSERE MAMA KENNENLERNEN? NACH DEM TOD UNSERES PAPAS VOR SECHS JAHREN HAT SIE ES VERDIENT, ENDLICH WIEDER GLÜCKLICH ZU SEIN. BEVOR DER MANN, DER ES ERNST MEINT, UNSERE MAMA TREFFEN WIRD, MUSS ER AUCH UNS GEFALLEN.

WIR FREUEN UNS AUF EURE BRIEFE.

Kim und Theresa lesen sich ihren Entwurf mehrfach durch und sind zufrieden. Schon am nächsten Tag gehen sie auf den Steinweg

in Arnsberg und geben im Pressehaus ihre Annonce auf. Nun müssen sie abwarten, was nach dem Wochenende geschehen wird.

Aufgeregt gehen sie eine Woche später gemeinsam ins Pressehaus und fragen nach, ob in ihrem Postfach schon Briefe eingegangen sind. Die Angestellte geht für einen kurzen Moment in ein Hinterzimmer und kommt mit einem großen Stapel Briefe zurück. Kim und Theresa sind sprachlos. Mit einer so großen Resonanz haben sie nicht gerechnet. Sie packen die Briefe in eine Tasche und gehen damit in ein gemütliches Café, das sich am Kreisverkehr des Steinwegs befindet. Dort setzen sie sich in eine versteckte Nische und fangen an, jeden einzelnen Brief zu lesen. Die meisten Männer entsprechen nicht ihren Erwartungen und erhalten eine kurze verneinende Antwort. Aber zwei Briefe sind dabei, bei denen ihnen der Text und auch das beiliegende Bild gefällt. Günther aus Neheim und Wolfgang aus Freienohl entsprechen genau Mamas Geschmack. „Was machen wir nun?“, fragt Kim. „Na, was wohl? Wir rufen sie an“, sagt Theresa und gibt gleich die erste Nummer in ihr Handy ein. Die Mädchen haben Glück, denn beide Männer sind erreichbar und spontan bereit, nach Arnsberg zu kommen. Um zwölf Uhr haben sie sich mit Günther verabredet. Schon als er zur Tür reinkommt, wissen beide: Das ist er nicht! Auf dem Foto sah Günther ganz anders aus. Er wirkt älter und dem Sport hat er schon vor vielen Jahren den Rücken gekehrt. Die Mädchen unterhalten sich eine Weile mit ihm, um nicht unhöflich zu sein, und erklären ihm dann, dass er nicht der richtige Mann für ihre Mama sei.

Als er wieder gegangen ist, überlegen die beiden, ob sie Wolfgang nicht besser absagen sollen. „Nein", meint Kim, „wir ziehen das durch." Also machen sie sich auf den Weg zum Sauerlandtheater, wo sie sich um ein Uhr mit dem zweiten Auserwählten treffen wollen. Wolfgang kommt auf sie zu und lächelt sie an. Beide sind begeistert. Das ist ein Mann, in den sich Mama verlieben könnte. Er stellt sich vor und die Mädchen nicken sich heimlich zu. „Was machen wir jetzt?", fragt Wolfgang und schaut von einer zur anderen. „Lasst uns doch zum Flüsterhäuschen laufen und uns dabei ein bisschen kennenlernen", schlägt er vor. Kim und Theresa stimmen zu. Auf dem Weg durch den Wald fragen sie Wolfgang allerhand über sein Leben und erzählen von sich und natürlich von ihrer Mama. Sie zeigen ihm ein Bild und freuen sich, als sie bemerken, dass er doch sehr beeindruckt von ihrer Mama ist. „Wie stellt ihr euch denn den weiteren Verlauf vor?", fragt Wolfgang. Die Mädchen zucken mit den Schultern. Gemeinsam schmieden sie einen Plan.

Schon am nächsten Abend laden Kim und Theresa ihre Mama in eine gemütliche Kneipe in Neheim ein. Wie besprochen ist auch Wolfgang anwesend und sitzt am Nachbartisch. Die Mädchen verwickeln Mama in ein Gespräch. Plötzlich stellt die Bedienung drei Gläser Sekt an ihren Tisch und sagt, dass die Bestellung von dem Herrn am Nachbartisch käme. Alle drei schauen zu Wolfgang hinüber. Dieser prostet ihnen mit einem Glas Sekt zu. Kim bittet ihn, an ihren Tisch zu wechseln. Ihre Mama schaut ganz verwirrt, sagt aber nichts. Es ergibt sich ein anfangs erst etwas zwanghaftes, aber dann doch sehr nettes Gespräch. Ihre Mama scheint Gefallen an Wolfgang zu finden. Darüber freuen sich Kim und Theresa. Auch dass Wolfgang immer noch so angetan ist von Mama wie am Tag zuvor. Die beiden schauen sich ständig in die Augen und unterhalten sich, als wären die Mädchen gar nicht mehr anwesend. Die zwei zwinkern sich zu und verschwinden auf die Toilette. „Was sollen wir denn jetzt nur machen?“, fragt Theresa. „Wenn wir jetzt wieder nach Hause fahren, sehen die beiden sich vielleicht nicht wieder.“ „Daran habe ich auch schon gedacht“, sagt Kim und reibt sich ihre Stirn. „Ich habe eine Idee“, sagt sie zu ihrer Schwester. „ Wir sagen, dass Freunde angerufen und gefragt haben, ob wir auf einen Film vorbeikommen. Dann fahren wir einfach nach Hause und lassen den Dingen ihren Lauf.“ „Das machen wir, und wenn Gott es will, nimmt unser Plan ein gutes Ende“, sagt Theresa und klopft ihrer Schwester anerkennend auf die Schulter. Als sie ihrer Mama die kleine Notlüge auftischen, will diese gleich mit nach Hause fahren. „Nein“, sagt Kim, „bleib du doch noch hier. Was willst du allein zu Hause, wenn du doch so nette Gesellschaft hast?“ „Ich würde mich sehr freuen, wenn du noch ein Glas Wein mit mir trinkst“, sagt Wolfgang und lächelt ihre Mama an. Trotz des gedämpften Lichts sehen die Mädchen, dass Mama leicht errötet. „Ok“, sagt Sie nach kurzer Überlegung, „aber nur noch auf ein Glas.“ Bevor Kim und Theresa das Lokal verlassen, zwinkert Wolfgang ihnen mit einem dankbaren Lächeln zu.

Eigentlich wollen die Mädchen warten, bis ihre Mama nach Hause kommt, aber es wird immer später und so schlafen beide darüber ein. Die Tage danach ist Mama ganz verändert. Täglich telefoniert sie mit Wolfgang, trifft ihn noch zweimal, lässt sich eine neue Frisur schneiden und ist stets bester Laune. Den neugierigen Fragen ihrer Töchter weicht sie immer ganz geschickt aus. Zwei Tage vor Heiligabend überrascht sie Kim und Theresa total, als sie fragt: „Hättet ihr etwas dagegen, wenn Wolfgang am ersten Weihnachtstag zum Essen käme?“ Die beiden stimmen freudig zu. Die nächsten Tage ist ihre Mama aufgedreht wie ein Teenager. Sie summt ständig und schaut sich immer wieder im Spiegel an. Die beiden Mädchen freuen sich über diese positive Veränderung von Mama. Geht ihr Plan etwa wirklich auf? Das Essen mit Wolfgang verläuft richtig gemütlich. Es gibt immer etwas zu erzählen und der Nachmittag vergeht ganz schnell. Abends sitzen alle vor dem Kamin. „Haben deine Mädchen dir schon von ihrem Plan erzählt?“, fragt Wolfgang und schaut von einer zur anderen. Kim und Theresa bleibt fast das Herz stehen. „Nein“, sagt Mama, „aber das werden sie bestimmt jetzt tun.“ Ganz leise berichten die Mädchen von der Zeitungsannonce. Mama sagt nichts. Dann steht sie auf und geht wortlos in die Küche. Als die beiden hinterher gehen wollen, hält Wolfgang sie fest. „Lasst mich erst mit ihr reden“, sagt er und geht ebenfalls in die Küche. Nach einer gefühlten Ewigkeit kommen beide, Hand in Hand, zurück ins Wohnzimmer. Sie setzen sich wieder auf das Sofa. Lange sieht die Mama ihre beiden Töchter an. Dann sagt sie mit ernster Stimme: „So etwas ist eine Unverschämtheit. Ich fühle mich von euch hintergangen und das geht nicht.“ Dann lächelt sie und schaut verliebt zu Wolfgang. „Aber ohne euch hätte ich nicht diesen netten Mann kennengelernt“, sagt sie und gibt ihm einen zarten Kuss. Kim und Theresa fällt ein Stein vom Herzen. Sie müssen Mama jede Einzelheit von diesem Erlebnis erzählen. Nachdem Wolfgang gefahren ist, nimmt

Mama die Mädchen in den Arm. „Das war aber ein ganz besonderes Weihnachtsgeschenk für mich. Ich danke euch“, sagt sie und gibt beiden einen Kuss auf den Kopf. Glücklich und zufrieden gehen alle ins Bett.

Mittlerweile sind Jahre vergangen und Wolfgang ist in der Zwischenzeit bei den Mädchen und ihrer Mama in Niedereimer eingezogen. Alles läuft prima und jedes Jahr zum Weihnachtsfest wird über das besondere Weihnachtsgeschenk für Mama erzählt und gelacht.

Das Geheimnis

Christoph und Melanie leben in Altenbüren, einem gemütlichen Dorf zwischen Brilon und Olsberg, gemeinsam mit ihren Eltern in einem Mehrfamilienhaus. Eigentlich ist es schön in dem Haus. Die Wohnung ist groß und hell und sie haben viele nette Nachbarn. Auch über die eigenen Zimmer freuen sich die beiden sehr, denn in ihrer alten Wohnung mussten sie sich eins teilen. Nun hat jeder sein eigenes Reich und sie fühlen sich pudelwohl.

Doch Trotzdem gibt es etwas, das ihre schöne Stimmung trübt. Christoph und Melanie hätten gerne Katzen, aber die sind in diesem Haus strengstens verboten. In vier Wochen ist endlich Weihnachten und wie jedes Jahr schreiben beide auf ihren Wunschzettel:

„ICH WÜNSCHE MIR EINE KLEINE KATZE!"

Aber sie wissen, dass ihr Wunsch auch in diesem Jahr wieder nicht erfüllt werden kann. Hausordnung ist eben Hausordnung. Als sie eines Tages von der Schule nach Hause laufen, hören sie ein leises Miauen. Sie bleiben stehen und schauen in den dichten Busch, der am Rande des Bauernhofes wächst. Sie sind entzückt. So eine süße, kleine Katze und dann noch ganz allein. „Sollen wir zu ihr gehen?", fragt Melanie und schaut fragend ihren Bruder an. „Nein", sagt Christoph, „wir können nicht einfach ein fremdes Grundstück betreten. Du weißt doch genau, dass Mama gesagt hat, dass wir immer erst fragen müssen." Also gehen sie zu dem Hofeingang und schauen, ob sie jemanden sehen können. Zum Glück steht am Scheunentor der Bauer. „Hallo, hallo", rufen beide laut.

Und wirklich, der Bauer hat ihr Rufen gehört und kommt gemütlich auf sie zugeschlendert. „Was kann ich für euch tun?“, fragt er mit dunkler Stimme. „Wir haben in dem Busch dort eine kleine Katze schreien hören“, erzählt Melanie und zeigt Richtung Busch. „Dürfen wir sie mal streicheln?“ „Ach“, sagt der Bauer, „da ist sie. In der Scheune ist das Muttertier mit den anderen fünf Jungen. Holt doch den kleinen Ausreißer und wir bringen ihn zurück zu den Geschwistern.“ Christoph und Melanie sind erfreut und laufen gleich los, um die Katze aus den Sträuchern zu befreien. Behutsam trägt Melanie das winzige und samtweiche Tier zur Scheune. Sie gehen gemeinsam mit dem Bauern hinein und beide geben einen Freudenschrei von sich, als sie die Katzenfamilie in dem Stroh entdecken. Schnell knien sie sich nieder und beginnen, jedes der kleinen Tiere zu liebkosen. Die Katzenmama lässt sie gewähren. „Sind die süß“, flüstert Melanie. „Genau so eine hätte ich gerne.“ „Ja, dann reserviere ich diese für dich. In vier Wochen kannst du sie abholen, so lange müssen sie noch bei ihrer Mutter bleiben“, sagt der Bauer und schaut Melanie lächelnd an. Traurig schaut sie zu dem Katzenbaby und sagt:

„Leider sind Katzen in unserem Haus verboten." „Schade", sagt der Bauer, „bei euch hätten die Katzen bestimmt ein liebevolles Zuhause. Ihr macht auf mich den Eindruck, als würdet ihr immer mit viel Liebe für die kleinen Racker sorgen", sagt er noch. „Können wir die Kätzchen denn besuchen kommen?", fragt Melanie ganz vorsichtig. „Aber ja doch", sagt der Bauer und lächelt die Kinder an. „Wann immer ihr Zeit habt. Wenn ich nicht da bin, dann wisst ihr jetzt, wo die Tiere sind."

So kam es, dass Melanie und Christoph jeden Tag nach der Schule und auch am Wochenende ihre Zeit auf dem Bauernhof verbringen. Ihren Eltern erzählen sie jedoch nichts davon, weil sie Angst haben, dass sie etwas dagegen haben. Deshalb erfinden sie immer neue Geschichten, wo sie hingehen, mit wem sie sich treffen, nur um dieses Geheimnis zu wahren. Zu groß ist ihre Angst, die kleinen Katzen nicht mehr sehen zu dürfen. Mit dem Bauern haben sie sich schon sehr gut angefreundet. Oft sitzen sie zusammen und erzählen sich etwas und immer haben Christoph und Melanie ihre Lieblingskatze auf dem Schoß und kraulen sie liebevoll. „Ach, könnten wir sie doch mit nach Hause nehmen", sagt Christoph traurig, „dann könnte ich noch viel, viel mehr mit ihr schmusen." „Und sie könnte mit in meinem Bett schlafen", erwidert Melanie leise und schaut schwermütig ihre kleine Katze an, die schnurrend in ihrem Arm liegt. Der Bauer sagt nichts dazu, sondern schaut die Kinder einfach nur schweigend an.

Dann ist es endlich so weit: Es ist Heiligabend. Alle haben sich festlich angezogen und wollen zur Kirche fahren. In Brilon ist es an diesem Abend immer sehr voll in der Kirche. Deshalb wollen alle zeitig los. Als sie schon fast abgefahren sind, sagt Papa plötzlich: „Ich kann nicht mit, meine Bauchschmerzen werden wieder schlimmer. Fahrt ihr allein mit Mama und ich trinke noch einen Tee, damit ich schnell wieder fit werde.“ Damit steigt er einfach aus und verschwindet im Haus. „Komisch“, denkt Christoph noch, „von Bauchschmerzen habe ich gar nichts bemerkt.“ Er schaut seine Schwester an, die wohl das Gleiche gedacht hat, denn sie zuckt mit den Schultern. In der Kirche können sich Christoph und Melanie in diesem Jahr nicht auf den Gottesdienst konzentrieren, denn ihre Gedanken sind bei den Katzen. Morgen fahren sie, wie jedes Jahr, nach Hagen zu Oma Inge und am zweiten Weihnachtstag sind sie in Schüren beim traditionellen Weihnachtsessen mit den Geschwistern ihrer Eltern. Eigentlich haben sie sich auf diese zwei Tage immer sehr gefreut. Es gibt viele Geschenke und es ist immer lustig. Nur in diesem Jahr haben sie keine Lust darauf, denn es bedeutet, dass sie nicht auf den Bauernhof gehen und somit zwei Tage die Katzen nicht besuchen können. Traurig schauen beide auf den Boden. Auf dem Weg nach Hause sitzen sie still im Auto. Auch das bevorstehende leckere Essen und die Aussicht auf viele tolle Geschenke lässt ihre Stimmung nicht besser werden.

Sie fahren in die Einfahrt und beide entdecken sofort den roten VW Lupo von Oma Inge. „Was ist denn das?“, fragt Melanie, „warum ist Oma hier?“ „Fahren wir morgen denn nicht nach Hagen?“, fragt Christoph weiter und schaut fragend Mama an. „Nein, dieses Jahr nicht“, sagt Mama und schaut aus dem Fenster. „Wir wollten mal eine kleine Veränderung“, fügt sie hinzu und steigt aus. Die beiden rennen ins Haus und begrüßen stürmisch Oma Inge. Nun spüren sie doch weihnachtliche Stimmung. Und weil Oma Inge zu ihnen gekommen ist, können sie sich morgen bestimmt unter einen Vorwand wegschleichen, um ihre Katzen zu sehen. Dann dauert es nur noch einen Tag ohne ihre Lieblinge und das ist zu bewältigen. Sie schauen sich heimlich an und wissen, dass sie dasselbe gedacht haben. „So", sagt Oma, „nun habe ich aber einen Bärenhunger. Lasst uns ins Esszimmer gehen und die Leckereien zu uns nehmen." Sie geht voran und alle folgen ihr.

Das Weihnachtsessen schmeckt herrlich und die Stimmung ist sehr feierlich. Heute helfen Melanie und Christoph mit, den Tisch abzuräumen. Nicht, weil sie es so gerne machen, sondern damit sie schneller mit der Bescherung anfangen können. Dann geht es im Wohnzimmer mit einem Weihnachtslied auch schon los. Melanie und Christoph packen viele tolle Geschenke aus und sind überglücklich. Die Sehnsucht nach den Katzen können sie sogar für einen Moment vergessen. Papa steht auf und sagt: „Ich muss mal kurz in den Keller." „Mach das", sagt Mama und zwinkert ihrem Mann zu. Die Kinder bekommen davon aber nichts mit. Als Papa aus dem Keller zurück kommt, trägt er einen Korb in den Armen. Als daraus ein leises Wimmern ertönt, schrecken Melanie und Christoph hoch. „Was ist das?", fragt Melanie und schaut neugierig in den Korb. „Das sind unsere Katzen", ruft Christoph aufgeregt und öffnet die Klappe, um sein geliebtes Tier schnell in den Arm zu nehmen. „Wieso sind die hier?" „Die sind hier, weil der Bauer der Eigentümer von unserem Haus ist und er die Hausregeln aufstellt. Ab heute sind Katzen in diesem Haus erlaubt", erklärt Mama und freut sich, als sie sieht, wie glücklich ihre Kinder sind. Melanie und Christoph strahlen und drücken zärtlich ihre neuen Haustiere an sich. Mit so einem schönen Weihnachtsgeschenk haben sie nicht gerechnet. Beide versprechen, immer auf die Katzen zu achten. „Das hat der Bauer schon getan", sagt Papa. „Er hat genau darauf geachtet, ob ihr Verantwortung übernehmen könnt, bevor er sich mit uns in Verbindung gesetzt hat." „Ein Tier muss immer versorgt sein, egal was passiert, was für ein Wetter ist und wie es einem selber geht", sagt Oma Inge und schaut ihre Enkelkinder liebevoll an. „Das wissen wir", meint Melanie. „Meinem kleinen Freund wird es an nichts fehlen", fügt sie noch hinzu und gibt dem Tier einen dicken Kuss auf die kleine Nase. Dabei denkt sie glücklich: „Ach, wie schön ist doch Weihnachten."

Das Ende der echten Christbaumkerzen

Sundern ist eine bezaubernde kleine Stadt im Sauerland. Gerade zur Weihnachtszeit ist es besonders festlich geschmückt und in der Fußgängerzone erfreuen sich große und kleine Bewohner an einer kleinen Schlittschuhbahn. Jeder genießt das Ereignis unter freiem Himmel. Vom Weihnachtsmarkt klingen die schönsten Lieder herüber und überall duftet es besonders gut. Ja, Sundern ist zu dieser Zeit sehr feierlich.

In diesem Städtchen lebt Familie Ritter. Herr und Frau Ritter haben zwei Kinder, den vierjährigen Sohn Jan und die zwei Jahre ältere Tochter Christina. In ein paar Tagen ist Weihnachten. Das ganze Haus ist geschmückt und glänzt. Die Familie legt großen Wert auf Traditionen. Ein besonderes Highlight ist aber jedes Jahr der Weihnachtsbaum mit seinen echten Kerzen. Erst einmal dauert es Stunden, bis die Eltern den richtigen Baum gefunden haben,

denn wie jedes Jahr muss es auch diesmal wieder eine besonders schön gewachsene Nordmanntanne sein, mit einer Höhe von zwei Metern. Dann muss sie richtig eingestielt werden. Immer wieder wird sie gedreht, neu festgemacht, wieder gelöst und wieder gedreht. Die Nerven liegen bei Herrn und Frau Ritter dann immer blank. Jan und Christina freuen sich wie jedes Kind auf Weihnachten. Der Baum ist ihnen nicht so wichtig. Also, einen Weihnachtsbaum wollen sie schon, aber ihnen würde auch ein kleiner und krummer Baum genügen. Sie verstehen die Aufregung ihrer Eltern nicht.

Wenn dann der Baum endlich richtig steht, geht das große Schmücken los. Mama achtet immer akribisch darauf, dass die roten Weihnachtskugeln und auch die Strohsterne richtig verteilt aufgehängt werden. Bis zum späten Abend sind sie damit beschäftigt. Dann kommen noch die vielen Kerzenhalter. Sie müssen ganz gerade angebracht werden, damit die Wachskerzen auch zur Decke brennen können. Ein ganzer Tag wird benötigt, um den Weihnachtsbaum fertigzustellen, aber abends sitzen dann alle stolz davor und freuen sich über die Pracht. Natürlich werden die echten Kerzen erst am Heiligabend angezündet.

Auch dieser Akt braucht seine Zeit, denn es sind ganz viele Kerzen und Papa beeilt sich, alle schnell anzuzünden. Wenn der Baum im Kerzenlicht erstrahlt, beginnt der Heiligabend. Gemeinsam singen sie vor dem geschmückten Baum Weihnachtslieder. Danach wird, wie jedes Jahr, gegessen. Immer gibt es an diesem Abend Sauerbraten, Kartoffelklöße und Rotkohl. Erst dann kommt die Bescherung. Beim Singen ahnt noch keiner in der Familie, dass es heute ganz anders werden wird.

Also, Herr und Frau Ritter sitzen mit Jan und Christina im Esszimmer und genießen das leckere Weihnachtsessen. Alle sind in feierlicher Stimmung. „O ich liebe es, wenn der Baum so schön knistert“, sagt Mama und strahlt jeden am Tisch an. Keiner erwidert etwas. Auf einmal fragt Christina: „Riecht es nicht nach Feuer?“ „Der Baum“, schreien die Eltern gemeinsam. „Er brennt doch wohl nicht!?“, ruft Papa und rennt ins Wohnzimmer. Alle rennen hinterher. Da steht er, der schöne, prachtvolle Weihnachtsbaum, und brennt lichterloh. „Wie konnte denn das passieren?“, fragt Mama. „Schnell, ruf die Feuerwehr, der Teppich und die Wand fangen gleich auch an zu brennen“, ruft sie mit etwas hysterischer Stimme. Sie fängt an zu weinen. Christina und Jan stehen da und sind begeistert von dem Feuer. In welcher Gefahr sie sich befinden, ist ihnen nicht bewusst.

Die Zeit, bis endlich das Martinshorn der Feuerwehr zu hören ist, kommt Mama ewig vor. Immer wieder schaut sie aus dem Fenster. Papa Ritter steht draußen, um die Feuerwehrautos einzuweisen. Der Baum knistert unter den Flammen und der stickige Qualm macht sich in der ganzen Etage breit. Alle rennen auf die Straße. Die Feuerwehrmänner rollen den Wasserschlauch aus und schon schießt das Wasser ins Wohnzimmer. Es dauert nicht lange und das Feuer ist gelöscht. „Das war es dann wohl mit einem gemütlichen Weihnachtsfest", sagt der Feuerwehrmann zu Herrn Ritter. „Ja", sagt Papa, „das war es wohl." Im Haus sieht es aus, als wäre eine Bombe eingeschlagen. Alles ist nass und es stinkt entsetzlich nach Rauch und Feuer. Der Baum sieht aus wie ein schwarzes, dünnes Gerippe. Echt schaurig! Alle stehen fassungslos davor. „Was machen wir nun?", fragt Mama. „Hier will ich nicht bleiben." „Das sollten Sie auch nicht", sagt einer der Feuerwehrmänner. „Wir müssen bis morgen noch Brandwache halten und aufpassen, dass das Feuer nicht wieder aufflammt. Außerdem ist es nicht gut für Ihre Lungen, wenn Sie sich hier aufhalten", sagt er zu Herrn und Frau Ritter. „Dann feiern wir bei Oma und Opa in Wickede", sagt Mama und greift zum Telefon. So verläuft Weihnachten bei Familie Ritter in diesem Jahr ganz anders als erwartet. Alles wird aber noch gut.

Bei den Großeltern können sich alle von diesem Schrecken erholen und mit vielen Leckereien verwöhnen lassen. Der Schaden, den das Feuer angerichtet hat, ist gering geblieben und schnell beseitigt. Im nächsten Jahr wollen sie wieder alles so herrichten, wie sie es zur Weihnachtszeit immer tun. Mit einem tollen, großen Weihnachtsbaum, an dem rote Kugeln hängen, und auch Sauerbraten mit Kartoffelklößen und Rotkohl wird es wieder geben. Nur in einem sind sich Herr und Frau Ritter einig: Es werden nie wieder echte Kerzen an ihrem Baum brennen. Dieses schreckliche Erlebnis hat das Ende der echten Christbaumkerzen herbeigeführt. Von nun an wird es eine feuerfeste Lichterkette sein, die den Baum ebenso schön machen wird.

Ein ungewöhnlicher Heiligabend

Heute ist Samstag, der 24. Dezember, also endlich Heiligabend. Michael will mit seinen Eltern und seinen Brüdern Axel und Klaus nach Winterberg fahren, um die Festtage bei Oma Hilde zu verbringen. Winterberg ist ein kleines Städtchen im tiefsten Sauerland, welches auch oft im Fernsehen gezeigt wird. Dort finden im Winter die Skispringen statt und die Rennen auf der Rodelbobbahn. Jedes Jahr wahren sie diese Tradition, bei Oma Hilde Weihnachten zu feiern. Dann schauen Sie sich auch immer die Wintersportereignisse an. Wer weiß, wie lange sie noch Weihnachten bei Oma Hilde feiern können, denn die ist mittlerweile über achtzig Jahre alt und nicht mehr ganz so gesund. Ein Oberschenkelhalsbruch im Sommer und eine schwere Lungenentzündung im Oktober haben sie sehr geschwächt.

Alle freuen sich auf die Festtage und jedem ist bewusst, dass es dieses wunderschöne Ereignis nicht mehr oft geben wird. Dann ist die Freude auf diese Zeit in diesem Jahr besonders groß. Noch sind sie nicht unterwegs und alle sind mit Kofferpacken, Geschenkeverpacken und Aufräumen beschäftigt und bereiten sich auf die lange Fahrt von Düsseldorf nach Winterberg vor. Endlich, um ein Uhr, setzt sich der Wagen mit Sack und Pack in Bewegung. Das Auto ist mit Taschen, Geschenken, Salaten und kaltem Fleisch für das Weihnachtsmahl und den fünf Personen voll beladen, die Stimmung ist gut. Um sechs Uhr wollen sie das Weihnachtsfest mit einem Gottesdienst in Winterberg beginnen und sie haben genug Zeit, um ohne Stress die vierstündige Fahrt zu schaffen. Ohne Stau kommen sie durch das Ruhrgebiet durch und sind nun auf der Autobahn kurz vor dem Autobahnkreuz Unna. Es hat angefangen zu schneien, lauter dicke Flocken. Sie müssen langsam fahren, aber weil sie gut in der Zeit sind, kommt keine Hektik auf.

Das Radio ist an und spielt Weihnachtslieder aus der ganzen Welt. Einige Lieder sind der Familie bekannt, dann singen alle vergnügt mit, bei den unbekannten Liedern lauschen sie einfach nur.

Plötzlich wird die Musik durch den Verkehrsfunk unterbrochen. Es wird von starkem Schneetreiben und einem Auffahrunfall kurz vor Autobahnende bei Bestwig-Velmede berichtet. „Fahr doch über Meschede und Heinrichtsthal“, sagt Mama. „Dann können wir den Stau umfahren.“ Sie schaut ihren Mann an. „Nein, nein“, antwortet er, „das wird nicht nötig sein. Bis wir da sind, ist der Stau schon lange vorbei.“ Immer wieder wird von dem Stau berichtet, der immer länger wird, aber Papa reagiert nicht auf das Bitten seiner Familie, die Autobahn zu verlassen und über die Dörfer zu fahren. Er ist zuversichtlich und bleibt stur. „Es wird alles gut“, sagt er fröhlich. „Macht euch nicht immer gleich Sorgen“, fügt er noch hinzu und singt laut bei „Jingle Bells, Jingle Bells“ mit. Die Kinder und auch Mama sagen nichts mehr, denn sie wissen, dass Papa auf seinem Standpunkt beharrt. Sie lassen die Abfahrt Meschede/Enste hinter sich, und Papa bleibt stur. Auch an der letzten Abfahrt Warstein/Meschede fährt er vorbei, obwohl dahinter der Stau beginnen soll. „Ach“, be-

schwichtigt Papa sie, als Mama ihren Unmut deutlich zum Ausdruck bringt, „reg dich doch nicht auf. Die kündigen Unfälle und Staus immer schlimmer an, als sie in Wirklichkeit sind. Die wollen nur Angst verbreiten. Aber nicht mit mir“, fügt er noch hinzu und fährt weiter.

Kurz vor Bödefeld fahren sie auf eine Kurve zu. Sie sehen schon die Warnblinklichter von vielen Autos. Papa bremst, bis sie zum Stehen kommen. „Na bravo“, sagt Mama wütend, „das hast du ja wieder gut hinbekommen.“ Um ihre Wut zu unterstreichen, haut sie sich feste auf den Oberschenkel. Michael, Axel und Klaus halten es für angebracht, besser keinen Kommentar abzugeben, denn sie wissen aus Erfahrung, dass Papa dann sofort losbrüllen würde. Sie bleiben einfach schweigend sitzen.

Dann kracht es und gleich noch mal. Und dann fährt ihnen der Wagen hinter ihnen ins Auto. Ihrer wird mit Schwung auf den davorstehenden PKW geschoben. Es sind Sekunden, dann ist alles vorbei. Im Auto ist es still. Alle starren vor sich hin. Keiner kann vor Schreck etwas sagen. Mama ist die Erste, die aus ihrer Starre erwacht. „Das darf doch nicht wahr sein!“,

schreit sie schrill. „Das ist alles deine Schuld." Wütend schaut sie ihren Mann an. „Du musstest ja auf der Autobahn bleiben. Immer machst du, was du willst. Das zahlst du ganz allein." Als Papa in diesem Moment auch noch sagt: „Mach dir keine Sorgen", bricht Mama in Tränen aus. Papa hält es für besser, auszusteigen, denn mit Tränen kann er gar nicht umgehen. Michael, Axel und Klaus steigen auch aus und sind entsetzt, wie der Wagen aussieht. Vorne und hinten ist er total kaputt. „Ich rufe Oma Hilde an und sage, dass es später wird", sagt Michael und holt sein Handy aus der Hosentasche. Dabei grinst er. „Da gibt es nichts zu lachen", sagt Papa.

Im Radio wird bei den Verkehrsnachrichten durchgesagt, dass die A46 aufgrund eines Massenauffahrunfalls für mehrere Stunden gesperrt ist. Die Beteiligten werden gebeten, in den Autos zu warten, bis die Polizei weitere Anweisungen gibt. Die Zeit vergeht langsam und nicht viel passiert. Michael sagt ganz zaghaft vom Rücksitz: „Ich habe Hunger." „Dass du jetzt ans Essen denken kannst, kann ich nicht verstehen. Mir ist der Appetit vergangen", sagt Mama zu ihrem Sohn. Sie schüttelt unverständlich ihren Kopf. „Ich würde auch gerne etwas essen", sagt Axel. Papa und Klaus sagen gleichzeitig: „Ich auch." „Na bravo", sagt Mama, „unser Auto ist kaputt, wir müssen stundenlang hier im Kalten Auto sitzen und ihr denkt ans Essen." „Die Situation ist nun mal, wie sie ist", sagt Papa. „Wir müssen warten, aber verhungern müssen wir deshalb noch lange nicht."

Er steigt aus und macht die völlig verbeulte Heckklappe auf. Als er wieder ins Auto steigt, hat er den Korb mit den Lebensmitteln in der Hand. „Das ist ein ganz ungewöhnlicher Heiligabend", meint Mama und fängt an zu lachen. Alle stimmen ein. „So haben wir noch nie das Weihnachtsessen zu uns genommen", sagt

Michael und kann kaum aufhören zu lachen. Die Stimmung im Auto ist schlagartig gelöst. Jeder greift in den Korb und bedient sich an dem leckeren Braten und dem Brot. Da sie keine Teller und kein Besteck dabeihaben, können sie den Salat nicht probieren. „Den essen wir morgen bei Oma“, meint Axel schmunzelnd. Nach einer halben Stunde sind alle satt.

Da sehen sie endlich, dass sich ein Polizist nähert. Papa macht die Tür auf. „Frohe Weihnachten“, sagt der Beamte freundlich und lächelt ins Auto. „Bitte bleiben Sie im Wagen. Die Abschleppdienste sind informiert und holen Wagen für Wagen hier weg.“ „Wie lange dauert es denn wohl noch?“, fragt Mama den freundlichen Beamten. Er wiegt den Kopf hin und her und sagt dann: „Ich denke, dass in drei bis vier Stunden die Autobahn wieder freigegeben ist.“ „Was?“, rufen alle gleichzeitig. „Was sollen wir denn so lange machen?“, fragt Mama entsetzt. „Behalten sie die Ruhe“, antwortet der Beamte ruhig. „Es werden gleich Decken und warme Getränke gereicht.“ Und damit geht er zum nächsten Fahrzeug. „Was nun?“, fragt Klaus. „Was machen wir hier die ganzen Stunden?“ „Das ist ja eine schöne Bescherung“, sagt Axel und fängt fast an zu weinen. „Bescherung!“, sagt Papa. „Wir machen eine kleine Bescherung!“ Und schon ist er wieder am Kofferraum und kommt mit einigen Tüten zurück. „Erst aber ein kleines Lied“, sagt Mama und stimmt „Stille Nacht, heilige Nacht“ an und alle singen mit. Danach verteilen die Eltern die Geschenke an ihre Jungen. Die schlechte Stimmung ist sofort wieder verschwunden. Aufgrund der tollen Überraschungen strahlen die Gesichter wieder. In den nächsten Stunden sind alle damit beschäftigt, die Neuheiten auszuprobieren, und die Zeit geht schnell vorbei.

Endlich werden sie abgeschleppt. Von der Werkstatt aus nehmen sie sich ein Taxi und fahren weiter nach Winterberg. Oma Hilde hat für alle heißen Tee gekocht. Aufgeregt erzählen die Jungen der geliebten Oma Hilde von dem Abenteuer auf der Autobahn. Danach gehen alle müde ins Bett. Diesen ungewöhnlichen Heiligabend werden sie wohl niemals im Leben mehr vergessen. Und Papa wird in Zukunft bestimmt sofort die Autobahn verlassen, wenn ein Stau gemeldet wird.

Die Geschichte von der traurigen Tanne

In Oeventrop lebt Familie Wetzel. Zu ihr gehören Herr und Frau Wetzel, Tochter Susanne und die beiden Söhne Jan und Jonas. Sie leben zusammen mit ihrem Labrador Max und den beiden Meerschweinchen Lieschen und Schnuckel in einem gemütlichen Einfamilienhaus am Waldrand von Dinschede. Dinschede ist einer der drei Ortsteile von Oeventrop.

Das Haus hat einen kleinen Garten mit einem Fischteich und vielen verschiedenen Pflanzen. Überall wachsen Blumen in den schönsten Farben. Rote, gelbe, blaue Blumen, einfach jede Farbe. Sie sind Frau Wetzels ganzer Stolz. In der Mitte des Gartens steht eine etwa zwei Meter hohe Tanne. Keiner aus der Familie hat je bemerkt, dass diese Tanne meistens traurig ist. Keiner beachtet sie und darunter leidet die Tanne sehr. Keiner schenkt ihr etwas Aufmerksamkeit und hat je bemerkt, wie prachtvoll sie gewachsen ist. Wenn die Kinder im Garten spielen, bewerfen sie die Tanne oft mit Spielsachen, aber keiner hört ihr leises Weinen. Wenn es regnet, kriechen die Kinder manchmal unter die dichten Zweige der Tanne. Dann macht die Tanne sich ganz breit, damit die Kinder nicht nass werden, aber keiner sagt Danke.

Im Sommer, wenn es richtig heiß ist, nutzt die Familie immer die schattige Seite des Baumes. Gerne schenkt die Tanne der Familie Wetzel ihren Schatten und schützt sie vor schmerzhaftem Sonnenbrand, aber immer wartet sie vergebens auf ein paar nette Worte. Beim Herumtoben rennt manchmal eines der Kinder mit voller Wucht in die Tanne hinein, aber keiner sagt Entschuldigung. Aber das Schlimmste für die Tanne ist, wenn die Kinder ihr beim Spielen einen Tannenzweig ausreißen. Dann schreit sie vor Schmerzen auf. Aber das Weinen nehmen die Kinder gar nicht wahr. Sie sehen die Tränen nicht einmal, die als Harz aus ihrer

Wunde fließen. Der Labrador Max läuft oft im Garten herum. Die kleine Tanne beobachtet ihn dann gerne, wie er vergeblich versucht, Vögel zu fangen. Max jagt im schnellen Tempo hinterher und kann in den engen Kurven meistens nicht mehr abbremsen. Die kleine Tanne lacht dann laut, wenn Max sich überschlägt, wieder auf die Beine springt und erneut hinter den Vögeln herjagt. Dieses lustige Schauspiel könnte sie sich den ganzen Tag anschauen.

Aber wenn Max an ihren Zweigen sein Hinterbein hebt und ihren Tannenduft mit dem seinigen überdeckt, dann schreit die Tanne jedes Mal vor Ekel auf. Doch das interessiert Max nicht. Keiner in der Familie bestraft Max dafür oder hält ihn davon ab, weiterhin die unteren Zweige der kleinen Tanne zu verätzen. In vielen Momenten ist sie ganz verzweifelt und kann nicht ver-

stehen, warum keiner richtig Notiz von ihr und ihrer ganzen Pracht vernimmt. Sie überlegt in einsamen Stunden, warum sie überhaupt gepflanzt wurde. Langsam laufen ihr dann die Tränen durch die Zweige. Aber auch davon bekommt keiner in der Familie Wetzel etwas mit.

Bald ist Weihnachten. Jeden Abend schaut die kleine Tanne durch die Scheibe ins Wohnzimmer und wartet darauf, dass die gemütliche Adventszeit von der gesamten Familie genossen wird. Alle sitzen sie zusammen auf dem großen, braunen Sofa. Das Feuer im Kamin flackert und spendet herrliche Wärme. Die Tanne beobachtet, wie Herr oder Frau Wetzel jedes Mal eine Geschichte vorlesen und die Kinder sich dabei an ihre Eltern kuscheln. Danach singen sie zusammen Weihnachtslieder und der Papa begleitet sie auf dem Klavier. Die kleine Tanne liebt diese zarten Töne, die sie durch die Scheibe hören kann. Jeden Abend macht eines der Kinder ein selbst gestricktes Säckchen auf und freut sich über die Süßigkeiten, die es daraus hervorholt. Diese gemütlichen Stunden machen die kleine Tanne aber auch jedes Mal wieder traurig, weil sie ganz alleine im Garten steht. Sie wäre so gerne in diesem Wohnzimmer und ein Teil dieser Familie. Sie träumt davon, wie sie bewundert wird und wie die Kinder für sie die Lieder singen.

Eines Tages ändert sich alles. Morgens kommt der Papa mit einer Säge in der Hand in den Garten. Er kommt direkt auf die kleine Tanne zu und bleibt vor ihr stehen. Er zieht sich Handschuhe aus Leder an und beginnt, die Tanne unten am Stamm abzusägen. Die Tanne schreit auf und wehrt sich. Immer wieder versucht sie, den Papa zu stechen, damit er mit dem Sägen aufhört, aber er scheint nichts davon zu spüren. Als sie abgesägt ist, schüttelt er sie ganz fest, reißt die unteren Zweige ab und trägt sie ins Haus. Die kleine Tanne weiß nicht, was mit ihr geschehen wird. Ganz erstaunt ist sie daher, als der Papa sie ins Wohnzimmer trägt und in einem Baumständer befestigt. Er stellt sie in eine Ecke. Frau Wetzel kommt hinzu und sagt, dass sie noch ein Stückchen gedreht werden muss. „Genau so“, sagt sie zu ihren Mann. „Jetzt steht sie richtig und sieht wunderschön aus.“ Die kleine Tanne glaubt, sich verhört zu haben, aber Herr und Frau Wetzel stehen direkt vor ihr und sie hört, wie er sagt: „Der Baum ist wirklich ein besonders schöner und wird unser Weihnachtsfest perfekt machen.“ Dann schmücken sie die kleine Tanne. Sie richtet sich stolz auf und freut sich, als eine Lichterkette mit unzähligen kleinen Lichtern in ihren Zweigen befestigt wird. Ihr werden leuchtend rote Kugeln und wunderschöne Schleifenbänder an die Zweige gehängt. Die kleine Tanne hält ganz still, damit keine Kugel herunterfällt und zerbricht. Zum Schluss hängt das Ehepaar noch verschiedene Strohsterne an ihre Zweige. Sie freut sich, als sie erkennt, dass es die Sterne sind, die Frau Wetzel mit den Kindern selbst gebastelt hat. Nun sind sie fertig und stehen staunend vor der kleinen Tanne. Sie kann ihr Glück gar nicht fassen. Endlich gehört sie dazu und scheint, etwas ganz Besonderes zu sein. Sie ist überglücklich.

Abends legt Herr Wetzel viele bunt eingepackte Geschenke vor den Baum, macht die Lichterkette an, zündet Kerzen am Adventskranz an und läutet mit einer kleinen Glocke. Die Tür geht auf und die Mama kommt singend mit den drei Kindern ins Wohnzimmer. Die Augen der Kinder strahlen, als sie sich direkt vor die kleine, festlich geschmückte Tanne stellen. „O Tannenbaum, o Tannenbaum, wie schön sind deine Blätter“, singt die ganze

Familie. Die kleine Tanne kann es nicht glauben, dass nur für sie ein Lied gesungen wird. Alle bewundern den Baum und schauen ihn sich bewundernd an. Auch in den nächsten Tagen hört sie immer wieder von verschiedenen Menschen, wie prachtvoll der Weihnachtsaum doch dieses Jahr sei. Die kleine Tanne genießt die Tage sehr. Endlich gehört sie zur Familie und darf mit im Wohnzimmer sein. Sie ist so glücklich wie noch nie und die Traurigkeit ist ganz aus ihrem Herzen verschwunden. Nun weiß die kleine Tanne, warum sie vor Jahren in diesem Garten in Dinschede gepflanzt wurde, und beobachtet mit Stolz das festliche Treiben in ihrer Familie.

Ein außergewöhnlicher Weihnachtsgast

Alexander lebt als Einzelkind mit seinen Eltern etwas außerhalb von Isingheim. Das ist ein kleines gemütliches Dorf zwischen Eslohe und Cobbenrode. Seine Eltern haben eine eigene kleine Schreinerei, in der sein Papa als Schreinermeister und seine Mama im Büro arbeitet. Der Familienbetrieb läuft ganz gut. Die Eltern haben viel zu tun und daher oft wenig Zeit für Alexander. Aber der kennt es nicht anders. Er hat ein eigenes Fahrrad, einen Nintendo DS und auch sonst alles, um allein seine Zeit zu füllen. Trotzdem wird ein Nachmittag in diesem Dorf manchmal sehr lang und er hätte gerne einen Spielkameraden.

Jeden Tag fährt er mit dem Bus nach Eslohe, weil er dort die siebte Klasse der Realschule besucht. Vom Gummibahnhof, so nennen die Einheimischen den kleinen Esloher Busbahnhof, geht er immer durch einen schönen Park, vorbei an einer Zahnarztpraxis und dann einen steilen Berg hinauf zu seiner Schule. Es ist Dezember und in einer Woche fangen die Weihnachtsferien an. Alexander freut sich auf Weihnachten, auf die Geschenke und auf das lange Schlafen. Er liebt Ferien und sehnt den letzten Schultag herbei.

Als Alexander wieder mal durch den Park zum Bus geht, fällt ihm ein obdachloser Mann auf, den er schon oft hier gesehen hat. Kurz entschlossen bleibt er stehen und sieht den Obdachlosen an. Dieser bemerkt den Blick des Jungen und fragt: „Was schaust du mich so an?“ Alexander setzt sich zu ihm auf die Bank. „Wo wohnst du?“, fragt Alexander. „Magst du den Park hier in Eslohe? Und was machst du den ganzen Tag über so?“ „Das sind ja viele Fragen auf einmal“, sagt der Mann. „Ich wohne weder hier noch woanders, denn ich ziehe immer umher. Hier in Eslohe bin ich aber besonders gern, denn ich schaue mir so gerne die Tiere hier an oder füttere die Enten auf dem kleinen Teich.“ Er sieht traurig zu dem Jungen. „Aber mein Leben war einmal ganz anders“, spricht der Mann leise weiter. „Früher habe ich als Schreiner in Brilon gearbeitet. Dort lebte ich auch mit meiner Frau Brigitte und meinem Sohn Michael in einer schönen Wohnung. Uns ging es gut und wir waren glücklich.“ Er schweigt und sein Blick geht zum Boden.

„Was ist dann passiert?“, fragt Alexander und hofft, dass der Obdachlose seine Geschichte zu Ende erzählt. „Dann kam der 3. Juli, der mein ganzes Leben verändert hat. Wir waren auf dem Weg an die Nordsee und wollten in Bensersiel einen zweiwöchigen Urlaub verbringen.“ Der Mann verstummt kurz und spricht dann wieder leise weiter: „Ich war nur ganz kurz abgelenkt und habe den Wagen von vorne nicht kommen sehen. Er krachte frontal in unser Auto. Als ich im Krankenhaus wieder wach wurde, lag ich an Schläuchen angeschlossen in einem Zimmer. Ein Arzt kam und berichtete mir, dass ich einen schlimmen Verkehrsunfall gehabt und vier Tage im Koma gelegen habe." Wieder hört der Mann auf zu sprechen, und als Alexander ihn ansieht, bemerkt er die Tränen, die dem Mann über die Wangen laufen. Vorsichtig legt er ihm seine Hand auf den Arm. „Beide waren tot. Meine geliebte Brigitte und mein kleiner Michael mussten sterben, weil dieser Geisterfahrer auftauchte und ich nicht aufgepasst habe", sagt der Mann und schaut traurig zu Alexander hin.

„Die Polizei sagte, dass ich nichts hätte machen können, bei der Geschwindigkeit, mit der der Geisterfahrer um die Kurve gerast kam. Aber das half mir auch nicht. Was war mein Leben noch wert, ohne meine Familie? Ich kam nie darüber hinweg und fing an zu trinken, damit ich schlafen konnte. Der Alkohol beherrschte schnell mein Leben. Ich verlor meine Arbeit und auch bald schon meine Wohnung. Nun habe ich nichts mehr, aber es macht mir gar nichts aus. Ich laufe im Sauerland herum und bleibe, wo es mir gefällt. Heute trinke ich keinen Tropfen Alkohol mehr, aber zurück in ein normales Leben finde ich auch nicht. Alle sehen nur den Penner in mir und keiner gibt mir eine Chance." Der Mann sieht Alexander an. Alexander hat Mitleid mit ihm und sagt kurz entschlossen: „Hast du Lust, mitzukommen? Ich wohne in Isingheim. Meine Eltern haben eine Schreinerei. Die kann ich dir doch mal zeigen." Er strahlt den Obdachlosen an. „Meine Eltern sind heute Nachmittag unterwegs und da könntest du dir alles anschauen", sagt Alexander und steht auf. Er freut sich, als er bemerkt, wie sich der Mann von der Bank erhebt. „Keine schlechte Idee", sagt der Mann. „Isingheim kenne ich noch nicht. Ich heiße übrigens Horst", fügt er hinzu und geht neben Alexander her.

Gemeinsam fahren sie mit dem Bus nach Isingheim. Ein paar Mal werden sie von neugierigen Augen beobachtet, aber daran stört sich keiner der beiden. Sie unterhalten sich ganz angeregt. Zuhause angekommen, holt Alexander die Schlüssel und schließt die Schreinerei auf. Horst tritt ein und geht schweigend durch die große Halle. Er schaut sich alles an. Alexander läuft ins Haus und kommt mit einem Teller belegter Brote und einer Flasche Cola zurück. „Oh, bist du lieb", sagt Horst, als er den vollen Teller sieht. „Hast du meinen knurrenden Magen gehört?" Sie setzen sich auf eine Holzbank, die vor der Firma steht, und lassen es sich schmecken. Horst und Alexander verstehen sich gut, fast wie alte Freunde. Sie erzählen und erzählen und bemerken erst, dass die Zeit verflogen ist, als es fast dunkel ist. „Bleib doch heute Nacht hier", sagt Alexander, als Horst gehen will. „Hinter der Schreinerei ist ein kleiner Schuppen, der selten benutzt wird. Ich hole dir eine Luftmatratze, Decken und alles, was du sonst noch für eine warme Nacht brauchst." Er strahlt Horst an. „Mal wieder auf einer Matratze schlafen und nicht auf dem Fußboden, hört sich prima an", sagt Horst und freut sich über das Angebot des Jungen. So richten sie gemeinsam einen gemütlichen Schlafplatz im Schuppen her. „Ich werde dich ganz oft besuchen kommen", sagt Alexander noch, bevor er ins Haus geht.

In den nächsten Tagen wohnt Horst heimlich in dem kleinen Schuppen und Alexander versorgt seinen Gast mit vielen Leckereien. Die Eltern bemerken nichts von ihm. Am ersten Ferientag fragt Mama, ob Alexander noch Wünsche zum Weihnachtsfest habe.

Er überlegt und sagt Mama: „Es gibt da einen Gast, den ich euch gerne vorstellen möchte." Und dann erzählt er seinen Eltern von Horst. „In unserem Schuppen haust ein Obdachloser?!", schreit Mama. „Er bringt uns noch Flöhe und Läuse ins Haus. Klaus", sagt sie und schaut ihren Mann an, „nun mach doch was. Hol die Polizei oder schick ihn wenigstens weg." „Aber, aber, nun warte doch mal. Wenn er schon eine Woche hier wohnt und nichts Außergewöhnliches geschehen ist, kann er nicht so schlimm sein", sagt Papa mit ernstem Gesicht. „Außerdem ist bald Weihnachten. Ein Fest der Liebe, da kann man doch auch mal etwas Gutes tun." Mama ist sprachlos und Alexander geht mit Papa in den Schuppen und stellt ihm Horst vor. „Es wäre schön, wenn Sie mit uns zu Abend essen würden", sagt Papa zu Horst. „Gern", erwidert Horst, „aber nur, wenn es keine Umstände macht." Gemeinsam gehen sie ins Haus. Etwas schüchtern und ängstlich begrüßt auch Mama den außergewöhnlichen Gast. „Sie können vor dem Essen erst mal ausgiebig baden und ich schaue nach, was ich für Sie zum Anziehen habe", sagt Papa und zwinkert seiner Frau heimlich zu. Die lächelt dankbar zurück.

Der Abend verläuft sehr angenehm. Schnell einigen sich alle aufs Du und lauschen den Geschichten von Horst. Ganz ergriffen ist Alexanders Mama, als sie erfährt, warum Horst auf der Straße gelandet ist. „Das ist ja schrecklich", sagt sie mit echtem Mitgefühl, „wenn mir so etwas passieren würde, hätte ich auch keinen Lebensmut mehr." Papa und Horst unterhalten sich angeregt über die Arbeit als Schreiner und gehen zusammen zu der neuen Maschine, die die Schreinerei seit ein paar Tagen hat. Als sie wieder ins Haus kommen, sagt Mama zu Horst: „Wenn du Lust hast, kannst du das Weihnachtsfest bei uns bleiben. Wir würden uns alle wirklich freuen." Horst strahlt und sagt: „Ein Weihnachten bei lieben Menschen. Was gibt es Schöneres?" Er nimmt Mamas Hand und sagt mit Tränen in den Augen: „Gerne nehme ich das Angebot an." So bleibt Horst bei seinen neuen Freunden und erlebt ein wunderschönes Weihnachten. Seit Jahren hat er sich nicht mehr so wohl gefühlt. Auch Mama hat sich schnell an den außergewöhnlichen Weihnachtsgast gewöhnt und staunt, wie geschickt er sich in der Küche anstellt. Wenn sie gemeinsam das Essen zubereiten, dann unterhalten sie sich über Gott und die Welt. Einen Tag nach Weihnachten holt Papa Horst ins Büro. „Hast du Lust, in unserem Betrieb zu arbeiten?", fragt er den erstaunten Horst. „Ich könnte Hilfe gebrauchen." „Aber gerne", sagt Horst und kann seine Freude kaum unterdrücken. So kommt es, dass für Horst ein neues Leben beginnt. Mit einem Mal hat er eine neue Familie, einen neuen Job und ein geordnetes Leben. Jedes Jahr zu Weihnachten wird über die Geschichte von dem außergewöhnlichen Weihnachtsgast gesprochen und auch nach Jahren noch, kann Horst sein Glück kaum begreifen.

Die verzweifelten Christbaumkugeln

Dies ist die Geschichte von den verzweifelten Christbaumkugeln. Zugetragen hat sie sich in Bödefeld. Das ist ein kleiner Ort im Sauerland zwischen Bad Fredeburg und Meschede. Er ist bekannt für den Mythos über die schwarze Hand von Bödefeld, die in der großen Dorfkirche in einem Glaskasten zu besichtigen ist. Diese schwarze Hand erzählt eine gruselige Geschichte. Sie soll einmal einem Kind gehört haben, das seine Eltern immer geschlagen hat. Nach dem Tod des Kindes soll diese Hand schwarz aus dem Grab gewachsen sein. Viele Menschen besuchen im Jahr nur wegen dieser schwarzen Hand die Kirche in Bödefeld.

In diesem Ort steht an einer Kreuzung ein altes Fachwerkhaus. Darin lebt ganz allein der alte Herr Gockel. Er ist schon 84 Jahre alt und es ist das Haus seiner Eltern, also ist es noch viel älter als Herr Gockel. Das Haus ist marode und ungepflegt. Er selbst ist zu alt, um Haus und Garten zu pflegen und seine Kinder wohnen weit weg. So verkommt es immer mehr. Unten in dem muffig riechenden Keller stehen unzählige Kisten und Kartons in den zugestaubten Regalen. In einem dieser Kartons befinden sich ganz alte Christbaumkugeln. Solche Kugeln gibt es heute nicht mehr in den Läden zu kaufen. Sie sind in verschiedenen Farben, teilweise mit goldenem und silbernem Glitter oder mit kleinen weihnachtlichen Ornamenten beklebt. Seit vielen, vielen Jahren steht dieser Karton in dem muffigen, feuchten Keller und die Weihnachtskugeln darin sind sehr traurig. Früher

hingen sie jedes Jahr am Weihnachtsbaum im Wohnzimmer von Familie Gockel und wurden von allen bestaunt. Die Kugeln spüren, dass schon viele Weihnachtsfeste ohne sie gefeiert wurden, und sie fühlen sich vergessen und unwichtig. Ja, sie sind sehr verzweifelt. Was ist nur mit den Menschen passiert? Haben sie den Blick für das wirklich Schöne verloren? Jedes Jahr wird ihre Verzweiflung etwas größer. Nun ist es im Leben so, dass jeder einmal sterben muss. So schläft auch Herr Gockel eines Abends friedlich ein und wacht nicht mehr auf. Es ist ganz still geworden im Haus. Die Kugeln wundern sich, dass sie nicht mehr die alten Holzbalken hören, die knarrten, wenn Herr Gockel von einem Zimmer ins nächste ging. Was ist nur geschehen und was wird mit ihnen passieren? Die Sorge und die Verzweiflung der Christbaumkugeln steigt ins Unermessliche.

Dann kehrt das Leben mit vielen neuen und teilweise sehr lauten Geräuschen ins Haus zurück. Voller Spannung lauschen die Kugeln dem Treiben und spüren, dass sich etwas ändern wird. Tagelang rumpelt und pumpelt es im Haus und unzählige Stimmen sind zu hören. Was geschieht oben in den Zimmern? Eines Morgens geht die Kellertüre auf und ein grelles Neonlicht schreckt die Christbaumkugeln auf. Sie haben große Angst. Jede Kiste und jeder Karton wird aus den Regalen herausgenommen und nach oben getragen. Durch kleine Risse in ihrem Karton können die verzweifelten Kugeln sehen, dass alle Sachen aus dem Keller achtlos in einen großen Müllcontainer geworfen werden, der direkt vor dem Haus steht. Die Kugeln erschrecken. Das ist also ihr Ende. Sie werden ungeliebt im Müll landen. Nach all den Jahren der Freude, die sie den Menschen bereitet haben, sollen sie nun achtlos weggeworfen werden.

Dann ist es so weit. Zwei Hände in Handschuhen packen ihren Karton. Die Kugeln schreien vor Angst laut auf, aber das kann der Mann, der ihren Karton trägt, nicht hören. Nur ein Wunder kann sie jetzt noch retten. Als der Mann sie gerade in den Müllcontainer werfen will, sagt eine freundliche Frauenstimme: „Halt, was ist denn da noch drinnen?“ Der Karton wird geöffnet und zwei blaue Augen schauen die Kugeln an. „Oh“, sagt die Frau, „das sind ja die alten Christbaumkugeln meiner Großeltern!“ Ein Strahlen liegt auf ihrem Gesicht. „Die werde ich behalten und hänge sie dieses Jahr zu Weihnachten an meinen Weihnachtsbaum.“ Sie nimmt dem Mann den Karton aus den Händen und stellt ihn in den Kofferraum ihres Autos. „Was war das?“, fragen sich die Kugeln und fangen an, vor Freude zu weinen. Sie können es kaum glauben, aber das Wunder ist geschehen. Sie werden wieder an einem Weihnachtsbaum hängen und können das tun, wofür sie geschaffen worden sind: den Menschen das Weihnachtsfest verschönern. Die schlimme Verzweiflung der Christbaumkugeln ist vorbei und wird durch eine riesige Freude ersetzt. Die Kugeln können dieses Wunder kaum glauben.

Lange Tage geschieht nichts mit ihnen. Aufgeregt und geduldig warten die Kugeln in dem Karton auf die Dinge, die geschehen werden. Eines Tages tut sich etwas. Der Karton wird hochgehoben und durch ihr neues Zuhause getragen. Dann wird er geöffnet und die blauen Augen der jungen Frau strahlen sie an. „Ach“, sagt sie liebevoll, „ihr seid ja ganz staubig. Das ändere ich erst einmal.“ Sie geht davon und kommt mit einem weichen Tuch zurück. „So“, flüstert sie, „nun werde ich euch so lange putzen, bis ihr wieder so schön glitzert wie früher.“ Sie nimmt nacheinander die Christbaumkugeln ganz vorsichtig aus dem Karton heraus und entfernt mit viel Ruhe und Geduld jeden Staub. Dabei summt sie mit Freude in ihren blauen Augen das Weihnachtslied „Oh du fröhliche, oh du selige." Die Kugeln sind glücklich und genießen diese beinahe schon zärtliche Behandlung. Als jede wieder aussieht wie neu, sagt sie zu den Kugeln: „Nun bekommt noch jede von euch ein neues Goldband und dann hänge ich euch an meinen schönen Weihnachtsbaum. Ich habe für dieses Weihnachtsfest extra eine große Nordmanntanne geschlagen, damit ihr auch gut zur Geltung kommt."

Dann ist es so weit. Es ist Heiligabend. Die Kerzen am Weihnachtsbaum werden angezündet und durch das warme Licht der Kerzen erstrahlen auch die alten Christbaumkugeln in neuem Glanz. Oh, was sind sie stolz! Immer wieder steht die junge Frau glücklich vor dem Baum. Eines Abends, als sie wieder vor ihnen steht, sagt sie ganz leise: „Wie konnten wir euch nur die ganzen Jahre im Keller vergessen?" So wunderschöne Kugeln gehören jedes Jahr an den Weihnachtsbaum." Sie nimmt eine Kugel in die Hand und streichelt darüber. Die Frau erzählt ihrer Familie Geschichten von früher und auch die Kugeln schwelgen glücklich in Erinnerungen. An die Ereignisse der letzten Jahre können sie sich nur zu gut erinnern. Das traurige und lange Warten hat für sie endlich ein Ende gefunden.

Eine schöne Bescherung

Der kleine Ort Oberholte in der Nähe der Versetalsperre sieht sehr friedlich aus. Überall in den verschneiten Gärten stehen beleuchtete Weihnachtsbäume, die Fenster der Häuser sind mit Lichterketten geschmückt und von den Dächern hängen dicke Eiszapfen herab. Ganz Oberholte ist in Weihnachtsstimmung. Es sind nur noch zwei Tage bis zu den Weihnachtsferien. Alle freuen sich auf entspannte Festtage, gutes Essen und das Beisammensein. Keiner ahnt, dass diesmal alles ganz anders kommen wird.

Papa Volker ist der erste, der vom Grippevirus befallen wird. Als er abends von der Arbeit nach Hause kommt, fühlt er sich schon ganz schlapp. Jeder Muskel tut ihm weh und er spürt nur noch das Bedürfnis, sich hinzulegen. „Ich fühle mich gar nicht gut“, sagt er zu seiner Frau Britta und gibt ihr einen Begrüßungskuss. „Steck mich bloß nicht an, das kann ich vor Weihnachten nicht gebrauchen“, sagt Britta und lächelt ihren Mann zärtlich an. „Es gibt noch genug zu erledigen und da kann ich keine Krankheit

mit mir herumschleppen. „Ich koche dir eine Kanne Tee“, sagt sie noch, als ihr Mann ins Badezimmer verschwindet. „Das ist sehr lieb, mein Schatz“, erwidert Volker. „Ich springe schnell unter die heiße Dusche und dann wird es mir schon besser gehen.“

Schon in der Nacht bekommt Volker heftigen Schüttelfrost. Drei Wolldecken, ein Oberbett und zwei Wärmflaschen schaffen es nicht, ihn zu wärmen. Britta macht ihm Wadenwickel, weil er hohes Fieber bekommen hat. „Morgen früh bringe ich dich zum Doktor. So hat es keinen Sinn,“ sagt sie in der Nacht zu ihrem Mann. „Nachher steckst du noch die Kinder an.“ Aber zum Arzt fahren können sie nicht, denn Volker bekommt am Morgen Probleme mit Magen und Darm. Er kann sich nicht von der Toilette entfernen. Kurz entschlossen ruft Britta in der Arztpraxis an und lässt den Doktor zu ihnen nach Hause kommen. „Oh je“, sagt der Arzt, „das sieht nicht gut aus. Sie haben sich irgendwo den Grippevirus eingefangen. Er ist sehr ansteckend und leider auch hartnäckig. Sie müssen ein starkes Antibiotikum einnehmen und dazu viel trinken. Ich befürchte, dass es ihre ganze Familie erwischen wird“, sagt der Arzt noch, bevor er wieder in seine Praxis fährt. „Das wäre ja eine schöne Bescherung“, denkt Britta in der Küche, während sie für Volker eine neue Kanne Tee zubereitet.

Als sie am Mittag in die Stadt fährt, um ihre drei Kinder von der Schule abzuholen, besorgt sie Volkers Tabletten, Obst, frisches Gemüse und noch allerhand gesunde Lebensmittel. „Vorsorge ist die beste Medizin“, sagt sie zu ihren Kindern, „das hat meine Mama immer gesagt.“ Schon am Nachmittag nimmt das Schicksal aber seinen Lauf. Erst klagt Sohn Oliver über Kopfschmerzen und Müdigkeit und am Nachmittag liegen auch Johannes und Silvia mit den gleichen Symptomen wie bei Papa in ihren Betten. Mama

Britta rennt von einem zum anderen und versorgt die Erkrankten. Zwischendurch fährt sie in die Arztpraxis und holt auch für die Kinder Rezepte ab. „Vorsichtshalber hat der Doktor Ihnen auch gleich ein Medikament aufgeschrieben", sagt die Arzthelferin. „Dann haben Sie sofort etwas im Haus, wenn es bei Ihnen losgeht", erläutert sie und schaut Britta mit einem gequälten Lächeln an. „Ich bin nicht empfindlich", lacht Britta, wünscht allen ein schönes Weihnachtsfest, einen guten Rutsch ins neue Jahr und verlässt die Praxis. Mit einer Tüte voller Medikamente und gesundem Tee kommt Mama zurück und macht sich gleich wieder daran, Tee zu kochen, Obst zu schneiden, Eimer zu leeren oder Wadenwickel zu machen. Ihre ganze Familie liegt schwer erkrankt im Bett und sie fühlt sich richtig gut.

Den letzten Tag vor Heiligabend erwischt es sie dann auch noch. Es beginnt mit Kopf- und Gliederschmerzen und endet genau wie bei den anderen. Zum Glück verfügen sie über zwei Toiletten. Wer sich gerade dazu in der Lage fühlt, kocht für alle Tee, besorgt Obst und hilft, wo er kann. Am nächsten Morgen hat auch Britta hohes Fieber und kann ihr Bett nicht mehr verlassen. „Das ist ja wirklich eine schöne Bescherung", sagt sie abends kraftlos zu ihrem Mann. „Wir holen das Weihnachtsfest nach, sobald es uns besser geht", flüstert er, bevor er wieder einschläft. So ein Weihnachten habe ich noch nie erlebt, denkt Britta. Alle im Bett und vom gleichen Virus befallen. Das glaubt uns keiner, ist ihr letzter Gedanke und dann zwingt das Fieber sie, wieder zu schlafen.

So kommt es, dass Volker, Britta und die drei Kinder Oliver, Johannes und Silvia erst an Silvester ihren Heiligabend feiern können. Sie sind zwar noch nicht ganz gesund, aber doch so kräftig, dass sie Lust auf ein leckeres Essen haben und vor allem endlich

ihre Geschenke verteilen und auspacken wollen. Dieses Weihnachten werden sie bestimmt niemals vergessen, denn eine so schöne Bescherung hatten sie noch nie.

Eingeschneit

Elspe ist ein kleiner berühmter Ort, ganz in der Nähe von Lennestadt. Bekannt geworden ist das Dorf durch die Karl-May-Festspiele, bei denen viele Besucher die spannenden Abenteuer von Winnetou und Old Shatterhand erleben können. Nicht nur aus dem Sauerland, sondern durch aus den umliegenden Städten kommen jedes Jahr hunderte von Besuchern in großen Bussen, um für ein paar Stunden in die Welt der Indianer und Cowboys abzutauchen.

Aber jetzt warten alle sehnsüchtig auf Schnee. Leider sieht es immer noch aus wie im Herbst. Der Himmel ist grau und es regnet den ganzen Tag. Die geschmückten Tannenbäume in den Vorgärten wirken ein bisschen verloren und Weihnachtsstimmung will bei keinem so richtig aufkommen. Auch nicht bei Familie Becker.

Das sind Herr und Frau Becker und die Söhne Sebastian und Michael. Sie leben in einem großen Haus mit einer Einliegerwohnung. In der wohnt ein junges Paar, mit dem die Familie Becker ein paar Probleme hat. Die beiden zahlen zwar pünktlich ihre Miete und machen keinen Lärm, aber sie reden nicht viel. Außer der Tageszeit kommt nichts über ihre Lippen und Frau Becker fragt sich immer wieder, ob das Paar sich vielleicht nicht wohl fühlt. Zu den vorherigen Mietern hatten sie immer ein sehr nettes Verhältnis.

Um die Kinder Sebastian und Michael etwas in Stimmung zu bringen, backt Mama mit ihnen Weihnachtsplätzchen und Bratäpfel. Jeden Abend sitzen sie bei Kerzenlicht zusammen und singen Weihnachtslieder oder lesen eine Geschichte vor. „Morgen müssen wir unbedingt die letzten Lebensmittel einkaufen, damit wir genug für die drei Feiertage im Haus haben“, sagt Mama beim Abendessen. Papa schaut sie an und sagt: „Das machen wir direkt nach dem Frühstück.“ Als Sebastian später in seinem Bett liegt, faltet er die Hände und sagt leise und andächtig: „Lieber Gott, bitte lass es endlich schneien. Weihnachten ohne Schnee ist nur halb so schön. Ich verspreche dir dann auch, dass ich ganz lieb bin und über kein Geschenk schimpfe.“ Er denkt dabei an letztes Jahr, als er sich ein bestimmtes Smartphone gewünscht und ein anderes Handy bekommen hat. Er war so sauer, dass er geweint hat. Seine Eltern waren sehr enttäuscht und die Stimmung war auf dem Nullpunkt. Nun hofft Sebastian, dass der Schnee morgen kommen wird.

Dann geschieht ein Wunder, denn in der Nacht wird es kälter und es fängt tatsächlich an, dicke Flocken zu schneien. Es dauert nicht lange und ganz Elspe und Umgebung ist eingeschneit. Erst schneit es nur zaghaft und dann so feste, dass man die Hand vor

Augen nicht mehr sehen kann. Morgens wacht Sebastian auf und schaut zum Fenster, um zu kontrollieren, ob es geschneit hat. Er sieht nur ein komisches Weiß und stutzt. Was ist das?, denkt er. Er steht auf und geht zum Fenster. „Mama", schreit er aufgebracht, „wir sind eingeschneit. Mein Fenster versinkt im Schnee. Kommt schnell, das müsst ihr euch anschauen!" Er läuft ins Wohnzimmer. Seine Eltern folgen ihm verschlafen. „Ach du Schreck", ruft Papa Becker. „Das habe ich ja noch nie erlebt." Mama schaltet das Radio ein. In den Nachrichten wird von massivem Schneefall berichtet. „Schatz", sagt Mama aufgeregt, „ganz Elspe ist eingeschneit. Wir kommen nicht aus unserer Haustüre raus und es wird Tage dauern, bis die Stadt die Schneemassen beseitigt hat." Papa beginnt zu lachen. „Na, dann feiern wir eben eingeschneit in unserem Haus ein ganz besonderes Weihnachtsfest." Er lacht und lacht. Mama schaut ihn völlig entsetzt an. „Wie stellst du dir das denn vor?", fragt sie ihn. „Wir haben nicht mal alle Lebensmittel im Haus."

„Dann improvisieren wir einfach", sagt er zu seiner Frau und nimmt sie zärtlich in den Arm. „Wir zaubern aus dem, was wir im Haus haben, ein schönes Essen. Es geht auch mal ganz anders", fügt er noch hinzu. „Au ja, das wird klasse", sagt Sebastian.

Das Telefon klingelt. Es sind die Untermieter. „Ich schließe den Keller auf", sagt Papa, „dann besprechen wir alles." Er geht die Stufen zum Keller hinab und kommt nach kurzer Zeit mit dem jungen Paar aus der Einliegerwohnung zurück. Die junge Frau ist ganz blass und sagt zögerlich: „Wir haben noch nicht einmal eingekauft. Wie soll das denn gehen?" Sie fängt an zu weinen. Ihr Mann nimmt sie in den Arm. „Ach", sagt Papa, „halb so schlimm. Wir sammeln alles, was in unseren Kühlschränken zu finden ist, und zaubern daraus ein ungewöhnliches Weihnachtsessen. Es wird bestimmt jeder satt." „So, dann fangen wir mal mit diesem ungewöhnlichem Fest an", sagt Mama und reicht der jungen Frau die Hand. „Ich heiße Ulrike und das ist mein Mann Klaus." Zögerlich nimmt die junge Frau die Hand und sagt: „Ich heiße Petra und er", sie zeigt auf ihren Mann, „heißt Holger. Wir freuen uns, dass Sie uns helfen. Wer hätte gestern noch gedacht, dass so viel Schnee vom Himmel fällt?" Dankbar schaut sie Klaus und Ulrike an. Sebastian sagt in der ganzen Zeit nichts. Er denkt nur an sein abendliches Gebet und an das Versprechen, das er dem lieben Gott gegeben hat. Auweia, da hat er sich ja etwas eingehandelt. Aber versprochen ist versprochen und wird auch nicht gebrochen. So sagt es ein altes Sprichwort.

Dann wird es unruhig im Haus. Seine Eltern schauen nach, was im Kühlschrank und im Keller an Lebensmitteln zu finden ist. Petra und Holger gehen hinunter in ihre Wohnung und kommen kurze Zeit später mit einer großen Tasche wieder herauf. Herr Becker und Holger schmücken den Weihnachtsbaum und das Wohnzimmer, und die beiden Frauen überlegen mit roten Köpfen, was sie aus den vorhandenen Lebensmitteln zaubern können. Sebastian verschwindet mit seinem Bruder Michael im Kinderzimmer. Sie haben sich überlegt, dass sie auch etwas zu diesem ungewöhnlichen Fest beitragen wollen. Sebastian sucht eine Weihnachtsgeschichte aus und übt diese zu lesen, damit er sie abends fließend vortragen kann. Michael hat seine Blockflöte ausgepackt und spielt verschiedene Weihnachtslieder durch. Draußen schneit es immer noch. Im Radio wird darauf hingewiesen, dass eine Wetteränderung nicht in Sicht ist und Elspe weiterhin eingeschneit bleibt. Aber das schockt Familie Becker und ihre Untermieter nicht mehr. Sie haben alles im Griff und freuen sich auf das gemeinsame Weihnachtsfest. Die Stimmung ist gelöst und alle verstehen sich gut. Mama freut sich, als sie bemerkt, dass ihre Untermieter richtig nett sind, und dass sie das auf so spektakuläre Weise erfahren durfte. Alles wird gut, denkt sie zufrieden.

Nachdem alle geduscht und sich festlich angezogen haben, treffen sie sich im Esszimmer von Familie Becker. Das Essen schmeckt allen sehr gut und sie greifen genüsslich zu. Es gibt selbstgemachte Kartoffelklöße, Reis, verschiedene Gemüsesorten und Mamas traditionellen Sauerbraten. Auch eine große Schüssel Salat haben die beiden Frauen zusammengestellt. Es wird viel gelacht und jeder erzählt eine Geschichte aus seinem Leben. Sebastian berichtet von seinem Gebet an den lieben Gott. „Ach", sagt Papa, „dann haben wir dir ja das schöne Weihnachtsfest zu verdanken." Mama lacht herzlich, als sie erfährt, dass er dem lieben Gott versprochen hat, dass er immer lieb sein will. „Das wird ein ganz entspanntes Jahr", sagt sie. Als alle gesättigt sind, räumen sie gemeinsam den Tisch ab. Papa verschwindet zur gleichen Zeit im Wohnzimmer und bereitet alles vor. Dann erklingt das kleine Glöckchen und alle gehen singend ins Wohnzimmer. Der Baum sieht wunderbar festlich aus. Michael und Sebastian stellen sich vor den Baum. Erst liest Sebastian seine Weihnachtsgeschichte vor, und als Michael anfängt, das Lied „Stille Nacht, heilige Nacht" auf seiner Blockflöte zu spielen, stimmen alle mit Gesang ein. Mama weint vor Rührung und lehnt ihren Kopf an den ihres Mannes. Der küsst sie zärtlich auf die Stirn.

Plötzlich stehen Petra und Holger auf. „Also", sagt Holger, „wir haben uns auch ein Geschenk überlegt. Da wir aber nichts einkaufen konnten, gibt es ganz viele Gutscheine." Petra überreicht eine Rolle. „Frohe Weihnachten und herzlichen Dank für dieses schöne Fest“, sagt sie lächelnd und nimmt Ulrike und Klaus in den Arm. „Ich freue mich sehr, dass wir eingeschneit sind“, sagt Herr Becker. „So hatten wir die Möglichkeit, euch richtig kennenzulernen.“ „Das finde ich auch“, sagt Frau Becker, „es ist sehr nett mit euch.“ Dann schauen sie sich ihren Gutschein an. Petra und Holger laden die gesamte Familie zum Essen ein. Alle freuen sich. Papa sagt lachend: „Das geht aber nur, wenn wir nicht mehr eingeschneit sind.“ „Wir wollen ja hoffen, dass das auch mal ein

Ende hat, denn ewig reichen unsere Lebensmittel nicht“, sagt Frau Becker. Herr und Frau Becker bedanken sich herzlich für das nette Geschenk. Aber auch sie haben eine Kleinigkeit für ihre Untermieter und überreichen eine Flasche Wein und eine große Dose mit selbstgemachten Weihnachtsplätzchen. Nach der Bescherung sitzen Familie Becker und die Gäste noch lange gemütlich zusammen. Bei Wein und Kinderpunsch gibt es eine Menge zu erzählen.

Auch an den weiteren Tagen läuft alles harmonisch und feierlich ab. Es wird gesungen, viel gespielt und sie schauen gemeinsam Filme an. Die Schneestürme haben sich beruhigt und langsam schaffen es die Angestellten der Stadt, mit ihren Schneefahrzeugen die Straßen freizuräumen. Auch die Eingänge zu den Häusern werden vom Schnee befreit und Familie Becker staunt nicht schlecht, als sie zum ersten Mal vor die Haustür gehen können. Die Höhe des Schnees übersteigt selbst die Körpergröße von Papa Becker. Solche Schneemassen hat noch keiner von ihnen erlebt und möchte sie auch nicht wieder erleben. Trotzdem wird niemand dieses Weihnachten vergessen können, denn es war diesmal von wenig Stress und dafür viel Harmonie geprägt. Die vielen Besuche, die Fahrerei auf den überfüllten Straßen und die viele Arbeit zu Hause ist allen in diesem Jahr erspart geblieben. Herr und Frau Becker haben sich für die nächsten Weihnachten vorgenommen, ruhiger, besinnlicher und stressfreier zu feiern. Sebastian wird sich demnächst aber bestimmt überlegen, was er sich vom lieben Gott wünscht und was er versprechen wird.

Enttäuscht vom Weihnachtsmann

Paula ist fast sechs Jahre alt und lebt in Oberhenneborn. Das ist ein ganz kleiner Ort im Sauerland. Paula wohnt mit ihren Eltern und ihrer kleinen Schwester Marie in einem schönen Einfamilienhaus. Außerdem lebt dort auch noch Leika, eine etwas wilde, aber sonst sehr liebe Schäferhündin.

Es ist nicht mehr lange bis Weihnachten. Das erkennt Paula an dem Adventskranz, an dem nur noch eine Kerze angezündet werden muss, und sie weiß, wenn alle vier brennen, ist es so weit. Außerdem kann sie das Nahen des Weihnachtsfestes auch an ihrem Adventskalender ablesen. Sobald alle Türchen geöffnet sind, ist Weihnachten. Dann endlich kommt der Weihnachtsmann. Paula ist schon ganz aufgeregt, denn bisher hat sie dessen Ankunft immer verschlafen. Sie ist ja noch nicht so alt. Aber für dieses Jahr hat sie sich vorgenommen, dass sie unbedingt wach sein will, wenn der Weihnachtsmann kommt.

Immer wieder sagt sie das auch ihren Eltern und die antworten nur: „Wir werden ja sehen, ob du dann noch wach bist.“ „Bestimmt“, sagt Paula dann immer. „Ich möchte ihn doch nur einmal sehen. Nur wissen, wie er aussieht und ob er wirklich so einen weißen Bart und einen dicken Bauch hat wie in meinen Bilderbüchern.“

Sie denkt immerzu an den Weihnachtsmann. In jeder freien Minute schaut sie sich ihre Weihnachtsbücher an und träumt von ihm. Ihre Anspannung wächst. Das Kribbeln in ihrem Bauch wird immer intensiver. Ich muss ihn diesmal sehen, denkt sie sich. Paula hat sich vorgenommen, dem Weihnachtsmann ein Gedicht aufzusagen, damit sie einen guten Eindruck macht und natürlich besonders viele Geschenke bekommt.

Das Gedicht lautet so:

„DRAUSSEN VOM WALDE KOMME ICH HER
UND ICH MUSS EUCH SAGEN,
ES WEIHNACHTET SEHR."

Paula übt es in jeder freien Minute, damit sie es auch fließend aufsagen kann. Papa, Mama und Marie müssen es sich ständig anhören. „Hoffentlich hast du auch die Möglichkeit, es dem Weihnachtsmann zu präsentieren, und verschläfst ihn nicht wieder", sagt Papa zu Paula. „Nein, nein", verspricht Paula, „ich bleibe diesmal bestimmt wach. Hoffentlich kommt er überhaupt und vergisst uns nicht." Sie übt und übt das Gedicht mit großem Ehrgeiz. Die vierte Kerze wird angezündet, aber an ihrem Adventskalender ist noch ein Türchen verschlossen. Paula weiß, dass es morgen so weit ist. Morgen wird sie den Weihnachtsmann endlich sehen.

Schon früh am Morgen steht sie auf. Da alle noch schlafen und sie Langeweile hat, räumt sie ihr Zimmer auf. Heute ist sie besonders ordentlich, in der Hoffnung, dass es der Weihnachtsmann merkt und sie vielleicht noch ein Geschenk zusätzlich bekommt. Endlich sitzt die ganze Familie am Frühstückstisch. „Papa", fragt Paula, „wann kommt denn der Weihnachtsmann?" Leika liegt schlafend im Körbchen. „Irgendwann am Abend", sagt Papa,

„wenn er hier in der Straße die Familien beschenkt. Er kommt ja nicht nur zu uns." „Aber hat er denn nicht ungefähr eine Uhrzeit gesagt?", will Paula wissen. „Nein", sagt Mama, „er kommt, wenn wir dran sind. Du musst dich in Geduld üben." Paula verdreht die Augen und sagt: „Hoffentlich beeilt er sich wenigstens." Papa lacht und antwortet: „Hast wohl doch Angst, dass du ihn verschläfst." „Nee", flüstert Paula, „habe ich nicht. Ich schaffe das in diesem Jahr."

Der Vormittag vergeht schneller, als Paula gedacht hat. Die Schäferhündin ist im Garten, wo sie sich am liebsten aufhält. Sie bewacht das Haus. Die Kinder dürfen heute nicht ins Wohnzimmer, da Papa dort traditionell den Weihnachtsbaum schmückt und alles festlich macht. Mama kocht und backt, damit sie in den nächsten Tagen nicht so viel in der Küche stehen muss. Schon um fünf dürfen Paula und Marie zur Bescherung kommen. „Ich glaube", sagt Papa, „ich habe den Weihnachtsmann schon gehört." Leika ist immer noch draußen und eifrig damit beschäftigt, die Schneeflocken zu fangen. So hat sie genug Bewegung, denn ihr Spaziergang ist heute aufgrund der vielen Arbeiten etwas kurz gekommen.

Paula sitzt mit rotem Kopf auf dem Sofa und lauscht angestrengt. Dann hört sie eine Glocke und ein tiefes, lautes: „Ho ho ho." Plötzlich bellt Leika laut und wütend. Es kracht und sie hören, wie der Weihnachtsmann ruft: „So ein verdammter Mist. Welcher Trottel hat denn den Deckel aufgemacht?" Papa und Mama rennen zur Terrassentür. Paula und Marie laufen neugierig hinterher. Da steht der Weihnachtsmann bis zum Bauch in der Klärgrube und flucht immer noch leise vor sich hin. Den Deckel der Klärgrube hat Papa am Morgen geöffnet, um zu schauen, wie voll sie ist, und wahrscheinlich vergessen, ihn wieder zu schließen. „Ich habe das nicht gesehen", sagt der Weihnachtsmann aufgeregt. „Der doofe Hund kam auf mich zugerannt, ich bin zur Seite gesprungen und einfach hineingefallen."

Leika steht immer noch bellend vor dem Weihnachtsmann. Stolz schaut sie ihre Familie an, weil sie glaubt, dass sie einen Einbrecher gefangen hat. Papa lässt den Hund erst mal ins Haus. Dann hilft er dem Weihnachtsmann aus der Klärgrube heraus. „Es tut mir so leid, lieber Weihnachtsmann", sagt Papa und schmunzelt ein bisschen dabei. Da steht er nun, der langersehnte Weihnachtsmann. Paula ist enttäuscht, denn so hat sie ihn sich nicht vorgestellt. Er ist bis zum Bauch ganz schwarz und riecht sehr unangenehm. Aber das Schlimmste ist, dass er so flucht. Nie hätte sie gedacht, dass ein Weihnachtsmann solche Wörter kennt. Sie steht da und schaut ihn an. Die Enttäuschung kann ihr jeder ansehen. Dann beginnt sie zu weinen und rennt in ihr Zimmer. Mama kommt hinterher. „Das ist so gemein", schluchzt Paula. „Wir sollen uns immer benehmen und der Weihnachtsmann benutzt die schlimmsten Schimpfwörter. Und stinken tut er auch." Paula weint bitterlich. Mama nimmt sie in den Arm. „Ach", sagt sie, „sonst schimpft er nie, aber er hat sich so vor Leika erschrocken und zu allem Übel fällt er auch noch in die Klärgrube! Da darf auch ein Weihnachtsmann mal etwas fluchen. Paula schaut Mama an und sagt: „So will ich ihm aber nicht das Gedicht aufsagen. Und wenn er so riecht, soll er auch nicht in unser Haus kommen", fügt sie noch trotzig hinzu. Mama drückt sie feste an sich und lacht. „Keine Angst", antwortet sie ihrer Tochter,

„der Weihnachtsmann muss erst mal duschen. Er hat die Geschenke aber hier gelassen und kommt erst nächstes Jahr wieder zu uns." Paula atmet erleichtert auf. Nachdem sie sich beruhigt hat, geht sie an Mamas Hand ins Wohnzimmer. Dank der vielen tollen Weihnachtsgeschenke hat sie die Enttäuschung über den Weihnachtsmann schnell vergessen. Immer wieder fällt ihr an diesem Abend jedoch auf, dass ihre Eltern oft miteinander flüstern und dann anfangen zu lachen. Warum, ist ihr allerdings unklar.

Gegenseitig eine Freude machen

Mechthild ist erst 62 Jahre alt und seit dem schrecklichen Tod ihres Mannes Hubert lebt sie allein in Wissinghausen bei Medebach. Ihre einzige Tochter Marianne hat es nach Amerika verschlagen. Mechthild freut sich natürlich, dass sie dort ihr Glück gefunden hat und an der Seite ihres Mannes ein sorgenfreies Leben führt, aber aufgrund der Entfernung können sie sich nur selten sehen. Da Mechthild schreckliche Flugangst hat, muss sie immer warten, bis Marianne sie besuchen kommen kann. Marianne muss jedoch viel arbeiten und sich dann noch um ihre Töchter Lucy und Jenny kümmern. Deshalb ist es leider nur ein- bis zweimal im Jahr möglich, sich zu sehen. Mechthild leidet sehr unter dieser Trennung.

Als sie am Abend gerade ihre Lieblingssendung „Wer wird Millionär?“ mit Günther Jauch schaut, klingelt das Telefon. Es ist Marianne. „Mama“, sagt sie traurig. „Lucy ist sehr krank.“ Sie erzählt in allen Einzelheiten, was geschehen ist. „Deshalb ist es mir diesmal nicht möglich, vor Weihnachten noch einmal nach Deutschland zu kommen. Wir müssen meinen Besuch auf Anfang des Jahres verschieben.“ „Aber Marianne“, sagt Mechthild verständnisvoll zu ihrer Tochter, „die Gesundheit von Lucy geht doch vor. Mach dir keine Sorgen um mich. Ich werde die Vorweihnachtszeit schon irgendwie gestalten. Kümmere du dich nur um mein Enkelkind und halte mich bitte auf dem Laufenden.“ „Aber natürlich sage ich dir Bescheid“, entgegnet Marianne dankbar und legt auf.

Da sitzt Mechthild nun traurig. Was soll sie denn machen? Am nächsten Morgen holt sie, wie immer, die Tageszeitung aus dem Briefkasten und setzt sich an den Frühstückstisch.Dann liest sie die Schlagzeile: „Ehrenamtliche Helfer im Seniorenwohnheim in Medebach gesucht!“ Das ist es, denkt Mechthild, nachdem sie den Artikel aufmerksam gelesen hat. „Ich verbringe Zeit mit alten Menschen. Dann sind diese nicht mehr allein und ich habe eine sinnvolle Aufgabe. Ich kann für andere und für mich etwas Gutes tun.“ Je länger Mechthild über diese Idee nachdenkt, desto besser gefällt sie ihr.

Am Nachmittag geht sie zu dem Seniorenwohnheim und lässt sich bei der Stationsleitung anmelden. Frau Limberg ist eine sehr freundliche Frau, Mitte vierzig, mit farbenfroher Bekleidung, die Mechthild lächelnd bittet, mit in ihr Büro zu kommen. Aufmerksam hört Mechthild zu, als Frau Limberg ihr erklärt, dass sie Menschen suchen, die bereit sind, etwas Zeit für einen guten Zweck zu opfern, und mit den Bewohnern mal spazieren gehen, ihnen etwas vorlesen oder sonst etwas Schönes mit ihnen machen. „Das ist genau das, woran ich gedacht habe“, sagt Mechthild. „Ich würde gerne diese Aufgabe übernehmen und mich nützlich machen.“ „Schön“, sagt Frau Limberg, „darüber freue ich mich sehr. Kommen Sie immer nachmittags ab drei Uhr, denn dann sind alle Bewohner mit dem Mittagsschlaf und dem Kaffeetrinken fertig.“ „Gut, abgemacht“, strahlt Mechthild die Stationsleitung an, „dann komme ich gleich morgen. Ich freue mich jetzt schon darauf.“

So kommt es, dass Mechthild jeden Tag mit den älteren Menschen ihre Zeit verbringt. Sie hat großen Spaß an dieser neuen Tätigkeit und bietet immer andere Beschäftigungen an. Mal backt sie mit den Bewohnern leckere Weihnachtsplätzchen, mal bastelt sie schöne weihnachtliche Fensterbilder und ganz oft singt sie mit ihnen Weihnachtslieder. Nach vielen Jahren hat Mechthild endlich wieder ihre Gitarre hervorgeholt und begleitet damit die Liedernachmittage. Das kommt gut an und der Raum ist immer ganz voll, wenn gesungen wird. Mechthild ist glücklich und fühlt sich in dem Seniorenwohnheim wohl. Wenn sie ihren Dienst beginnt, wird sie oft schon an der Eingangstür von den Bewohnern erwartet und ausgefragt, was sie heute mit ihnen vorhat. Bevor sie

abends das Haus verlässt, wird sie immer nett verabschiedet und es wird deutlich, dass sich die Senioren auf den nächsten Tag freuen.

Mechthild ist glücklich, denn dank dieser schönen Erlebnisse mit den alten Menschen, vergeht die Zeit wie im Flug und die Traurigkeit, dass der Besuch ihrer Tochter in dieser Weihnachtszeit ausbleibt, ist viel besser zu ertragen. So etwas Schönes erlebt man nur, wenn man bereit ist, sich gegenseitig eine Freude zu machen.

Kinder, passt mit der Säge auf

In einer Woche ist Weihnachten. Familie Bracke aus Arnsberg will heute mit den Drillingen Lea, Lena und Jan einen Weihnachtsbaum aussuchen und selbst absägen. Es ist das erste Mal, dass sie den Baum nicht fertig geschlagen kaufen. Die erste Frage, die sich stellt, ist die nach der Höhe des Baumes. Gemeinsam haben sie beschlossen, dass er auf dem kleinen Tisch in der Ecke zwischen den beiden Sofas stehen soll. Die Drillinge sind fast gleich groß. Lea stellt sich auf den Ecktisch, hebt die Arme in die Luft und macht sich so groß, wie sie kann. „Das ist eine gute Größe für unseren Baum", sagt Papa, „so müsst ihr euch neben die Tannenbäume stellen, dann haben wir das richtige Maß." Wie es bei Drillingen ist, will jeder einmal die Messlatte für den Baum sein und so stellen sich auch noch Lena und Jan auf den Tisch, recken ihre Arme zur Decke und Papa muss jeden begutachten.

Dann machen sich alle fertig. „Zieht euch warme Schneeanzüge an, damit ihr nicht nachher friert", sagt Papa und packt sich selbst auch warm ein. „Und dicke Schuhe", sagt er und fügt noch hinzu: „Einen Baum aussuchen braucht Zeit, denn es muss genau der richtige sein. Da werden die Füße schnell kalt." Er geht in den Keller und kommt mit der großen, neuen Säge zurück, die Mama ihm zum Geburtstag geschenkt hat. „Lea, Lena und Jan, hört mir mal zu", sagt Papa und stellt sich vor seine Kinder. „Diese Säge ist richtig gefährlich, denn sie ist sehr scharf. Also, Kinder, passt mit der Säge auf. Ich habe keine Lust, später stundenlang im Krankenhaus zu sitzen, weil einer von euch sich daran verletzt hat." Die Kinder versprechen, ganz vorsichtig zu sein und nicht an die Säge zu fassen. Dann steigen alle ins Auto ein. Die Säge liegt sicher im Kofferraum. Auf geht es zur Scherse. Das ist ein Berg zwischen Oeventrop und Freienohl. Dort kann man seinen Weihnachtsbaum selber sägen. Beim Aussteigen sagt Papa noch einmal ganz ernst zu seinen Kindern: „Passt mit der Säge auf!" „Ja, ja, ja", rufen die Drillinge und verschwinden in der Tannenschonung. Papa trägt die Säge und Mama läuft neben ihm her. „Schatz, pass auf, dass du nicht in die Säge läufst. Sie ist scharf", sagt Papa und schaut seine Frau mit einem ernsten Gesichtsausdruck an.

„Ich bin kein kleines Kind mehr und weiß, dass die Säge scharf ist", sagt Mama und schüttelt den Kopf. Sie gehen hinter den Drillingen her. Die rennen von Baum zu Baum, stellen sich daneben, heben ihre Arme in den Himmel und rufen entweder „Zu klein!" oder „Zu groß!". Die Mama ruft ständig: „Passt auf, dass ihr nicht in den Dreck fallt", und Papa sagt immer, sobald einer in seine Nähe kommt: „Passt mit der Säge auf."

Dann steht Lea plötzlich vor den beiden und sagt mit ernstem Gesicht: „Ich muss mal." „Auch das noch", stöhnt Mama. „Wo sollen wir denn hingehen?", fragt sie mit verzogenen Mundwinkeln und schaut Papa an. „Ja, wohin wohl?", fragt Papa. „Hinter einen Baum. Wir können nicht erst wieder nach Hause fahren. Während

Lea sich erleichtert, kannst du aufpassen, dass sie keiner sieht. Ich bleibe bei der Säge und passe auf, dass die beiden anderen sich nicht daran verletzen."

Mama verschwindet mit Lea an der Hand zwischen den Bäumen. Als sie wieder zurückkommen, sagt Papa: „Das hat aber lange gedauert." „Witzig", erwiedert Mama etwas säuerlich. „Überall waren Menschen und Lea hat ja auch noch den Schneeanzug an. Bis der erst mal sicher ausgezogen war", sagt sie und schaut sich wieder Weihnachtsbäume an. „Mama!", ruft Jan,

„ich muss auch mal, aber groß." Er schreit so laut, dass es jeder in der Tannenschonung hören kann. Hinter einigen Bäumen kann man deutlich das Lachen von anderen Menschen hören. Mama ist es peinlich, aber so sind Kinder nun mal. Sie verdreht die Augen, nimmt Jan an die Hand und geht los. Als sie an Lena vorbeikommt, fragt sie diese: „Willst du gleich mitkommen, du musst doch bestimmt auch?", „Nein", sagt Lena, „ich muss nicht", und rennt zu ihrem Papa. „Pass mit der Säge auf, Lena", hört Mama noch ihren Mann sagen. Dann verschwindet sie mit Jan zwischen den Bäumen und sucht nach einem geeigneten Platz, damit er sich erleichtern kann.

Lena sucht mit Lea und Papa weiter nach der richtigen Tanne. „Weißt du was, Papa?", fragt Lena nach einer Weile. „Ich gehe doch zu Mama, ich muss auch", ruft sie noch und rennt in die Richtung, in der Mama mit Jan verschwunden ist. Nach einer ganzen Weile kommen Mama und Jan zurück. „Wo ist Lena?", fragt Mama und dreht sich suchend um. „Die musste auch", sagt Papa wie nebenbei. „Wie, die musste auch?", fragt Mama mit ein wenig Panik in der Stimme. „Und wo ist sie?" Papa, Mama, Jan und Lea schauen sich kurz verdutzt an und dann rennen alle los. Überall zwischen den Tannen hört man, wie laut „Lena, Lena" gerufen wird. Mama ist mit den Nerven am Ende. Papa rennt mit der Säge in der Hand herum. Wenn eines von den Kindern in seine Nähe kommt, sagt er immer: „Passt mit der Säge auf." „Deine Säge interessiert mich gerade gar nicht", schreit Mama mit einem kleinen Anflug von Hysterie in ihrer Stimme. „Ich will meine Tochter finden!"„Es ist auch meine Tochter", antwortet Papa und schaut Mama böse an.

Endlich kommt zwischen den Bäumen eine junge Frau hervor und hat die kleine verweinte Lena an der Hand. Alle stürzen auf Lena zu und nehmen sie in den Arm. Sie bedanken sich bei der Frau, die gleich wieder zwischen den Bäumen verschwindet.

„So", sagt Papa, „wir bleiben nun alle zusammen und suchen gemeinsam nach unserem Weihnachtsbaum." Es dauert aber noch eine ganze Stunde, bis sie alle von einem Baum begeistert sind. Papa nimmt die Säge hoch und sagt: „Haltet Abstand, und passt mit der Säge auf." Er drückt die unteren Äste an die Seite und sägt los. Die Drillinge wollen helfen und greifen auch nach den Zweigen. „Weg, weg, weg", ruft Papa, „passt mit der Säge auf." Alle schauen ihrem Papa zu, wie er versucht, den Baum ganz unten am Stamm gerade abzusägen. Dann rutscht er plötzlich auf dem nassen Untergrund weg und schreit laut auf. Er schaut seine Hand an. Über die Hand und den Arm fließt Blut.

„So ein Mist", sagt Papa und schaut auf seine blutende Hand. „Mir wird schlecht." Mama sieht sich den tiefen Schnitt an und sagt: „Wir müssen sofort ins Krankenhaus. Denn das ist so tief und muss bestimmt genäht werden. Warum hast du denn nicht aufgepasst?", fragt sie und schnappt sich die Säge und den Baum. Sie bezahlt ihn und alle steigen ins Auto ein. Nur ein paar hundert

Meter entfernt wohnt Mamas Freundin Dagmar. Schnell fahren sie dort hin und lassen sich von Dagmar Verbandszeug geben. Der Verband von vorhin ist schon ganz durchgeblutet. „Wie konnte das denn passieren?“, fragt Dagmar. „Bei so einer Säge muss man doch aufpassen“, sagt sie und schaut alle der Reihe nach an. Alle außer Papa grinsen, aber keiner sagt etwas dazu.

Dagmar hat das Gefühl, dass es besser ist, wenn sie auch nichts mehr dazu sagt. Dann geht es weiter ins Marienhospital nach Arnsberg. Sie werden gleich in die Notaufnahme geschickt. Der

Arzt macht den Verband runter und säubert die Hand. „Naja, das muss genäht werden." Er schaut Papa an und fängt an, die tiefe Wunde vorsichtig zu nähen, nachdem die Betäubungsspritze beginnt zu wirken. Papa bekommt anschließend noch einen dicken Verband und die Anweisung, morgen noch einmal in die Notaufnahme zu kommen. „Sie als Vater müssen doch wissen, dass eine Säge gefährlich ist. Sie hätten besser aufpassen müssen", sagt der Arzt noch, bevor er zum nächsten Patienten geht. Familie Bracke geht schweigend, aber grinsend zum Auto.

Immer krank am Heiligen Abend

Sabine ist elf Jahre alt und lebt in Cobbenrode. Das ist ein gemütlicher Ort im Sauerland, der zwischen Oedingen und Eslohe liegt. Cobbenrode ist umgeben von vielen Bergen. Das Sauerland wird nicht umsonst das Land der tausend Berge genannt.

Sabine lebt in einer großen Familie. Es ist nicht ihre leibliche Familie, das heißt, sie lebt mit ihren Pflegeeltern und neun anderen Kindern unter einem Dach. Alle Kinder können genau wie Sabine nicht bei ihren richtigen Familien leben, weil es dort zu viele Probleme gibt. Manfred, der liebevoll von den Kindern Manni genannt wird, und Susanne König haben ihre Liebe zu Kindern zum Beruf gemacht. Manfred ist studierter Sozialpädagoge, Susanne ist gelernte Kinderkrankenschwester und gemeinsam sehen sie ihre Berufung darin, Kindern aus zerrütteten Familien ein neues Zuhause zu geben. Deshalb kauften sie in dem idyllischen Ort Cobbenrode ein großes Haus, damit alle genug Platz haben. Jedes Kind hat ein eigenes kleines Zimmer und es gibt ein großes Spiel- und Wohnzimmer, eine große Küche und ein tolles Esszimmer, die von allen benutzt werden. Im Keller befindet sich noch ein Puzzleraum, in dem ein riesig großer Tisch steht, auf dem ständig ein Puzzle liegt, an dem jeder, wenn er Lust hat, seine Zeit vertreiben kann. Die fertigen Puzzlebilder werden dann auf große Sperrholzbretter geleimt und schmücken verschiedene Wände im Haus. Sabine liebt es, sich diese Bilder anzuschauen, weil sie selbst an jedem Motiv mitgewirkt hat. Ja, sie liebt dieses Haus und ihre Pflegeeltern, als wären es ihre richtigen Eltern. Sie weiß, dass sie großes Glück gehabt hat. Sie hätte auch in einem Kinderheim landen können, in dem viel mehr Kinder leben und ständig neues Personal kommt. Dort hätte sie sich nicht so wohl gefühlt. Bei Manfred und Susanne spürt jedes Kind, dass sie ihre Arbeit lieben, und sie vermitteln jedem ein sicheres Gefühl von Geborgenheit. Ja, Sabine ist richtig glücklich, denn auch mit den anderen Kindern im Haus versteht sie sich gut und in Cobbenrode hat sie mittlerweile viele Freunde gefunden. Immerhin lebt sie nun auch schon vier Jahre in dieser Familie.

Es sind nur noch wenige Tage bis zum Heiligabend. Wenn es draußen dunkel wird, sitzen immer alle gemeinsam im Wohnzimmer und genießen die Weihnachtszeit. Auf dem Tisch steht eine große Schüssel mit verschiedenen Nüssen und eine mit Mandarinen. Manchmal gibt es auch selbstgemachten Bratapfel. Die Kerzen am Adventskranz sind an, im Hintergrund läuft Weihnachtsmusik und Manfred liest immer eine Geschichte vor. Es ist eine tolle Zeit. Wegen der Kerzen, Mandarinen und Nüsse riecht es überall weihnachtlich und alle sind in großer Aufregung. Die Kinder drücken Manfred, wie jedes Jahr, die Daumen, denn er hat immer das Pech, dass er genau am Heiligabend krank wird. Nie kann er den langen Spaziergang und den anschließenden Besuch der schönen Weihnachtsmesse miterleben, weil er immer von einem plötzlichen Virus erfasst wird und im Bett landet. Er ist sehr traurig darüber, weil er gerne spazieren geht und auch die Messe gerne besuchen will. Manfred liebt diese Weihnachtsstimmung, die immer aufkommt, sobald man das Haus verlassen hat. Leider hat er immer Pech und liegt Heiligabend nach einem heißen Erkältungsbad im Bett. Aber meistens hat er doch auch etwas Glück dabei und er fühlt sich zur Bescherung besser, sodass er mit allen staunen kann, was das Christkind für tolle Geschenke gebracht hat.

Sabine wünscht Manfred nur Gesundheit, damit er den Heiligen Abend voll und ganz genießen kann. Sie passt auf ihn auf, erinnert ihn an seine Jacke, wenn er das Haus verlässt, schält ihm jeden Tag einen der Äpfel aus dem Garten, die im Keller eingelagert sind, und kocht ihm Tee oder heißen Kakao. Diesmal kann es klappen, denn die Vitamine und der Tee stärken seine Abwehrkräfte, sodass eine Erkältung an ihm vorbeigehen muss. Sabine glaubt fest daran.

Heute ist es endlich so weit. Alle sind in großer Aufregung. Sabine beobachtet Manni ganz genau und freut sich, dass es ihm so gut geht. Manni selbst sagt zu Sabine, dass er das Gefühl hat, dass ihm ihre Fürsorge guttut. Sie ist glücklich. Aber schon beim Mittagessen klagt er plötzlich über leichtes Kratzen im Hals. Schnell bringt ihm Sabine heiße Milch mit Honig. Sie beobachtet Manni genau. Sieht er blass aus?, fragt sie sich still. Sie holt ihm einen kleingeschnittenen Apfel. Das Kratzen im Hals bleibt. Sabine kocht Tee und legt ihm eine Decke über die Beine, als er auf dem Sofa sitzt. Zu dem Kratzen im Hals kommen leichte Kopfschmerzen hinzu. „Oh je“, denkt Sabine, „hoffentlich wird er nicht doch noch krank werden.“ Nur noch eine Stunde, bis sie zum Spazier-

gang und zur anschließenden Weihnachtsmesse aufbrechen wollen. Alle ziehen sich für den feierlichen Abend um. Manni wartet noch, ob es ihm nicht doch besser geht.

Als Sabine wieder ins Wohnzimmer kommt, erschreckt sie. Manni liegt auf dem Sofa. Sie rennt zu ihm hin. Er hat nun auch Bauchschmerzen bekommen. „Ach, Sabine“, sagt er mit leiser Stimme, „es hat mich wieder erwischt. Ich kann nicht mit. So gerne würde ich mit euch durch den Schnee laufen und später mit in die Kirche gehen. Aber ich bin zu schwach.“ Traurig schaut er Sabine an und sie nimmt voller Mitgefühl seine Hand. „Sei nicht so traurig“, sagt Sabine liebevoll zu Manni. „Ich werde dir später alles ganz genau erzählen. Leg du dich in die Badewanne und schlaf dich gesund. Vielleicht geht es dir dann etwas besser und du kannst wenigstens bei der Bescherung dabei sein.“ Sie lächelt Manni traurig, aber aufmunternd zu. So ziehen alle wieder ohne Manni los. Sie sind traurig und haben tiefes Mitgefühl für ihren Pflegepapa. Jedes Jahr am Heiligen Abend wird der arme Manni krank und jedes Jahr geht es ihm wieder besser, wenn sie aus der Kirche kommen. Jedes Jahr ist das Christkind genau in dieser Zeit da und Manni bekommt es nie mit, weil er tief und fest schläft. Das Christkind schmückt den Weihnachtsbaum und legt die vielen Geschenke darunter. Manni beteuert immer, dass er die Anwesenheit des Christkindes nicht bemerkt hat.

Abends nach der Bescherung liegt Sabine glücklich und müde in ihrem Bett und kann trotzdem nicht schlafen. Sie denkt darüber nach, ob da alles mit rechten Dingen zugeht. Ist Manni vielleicht nicht wirklich krank und hilft dem armen Christkind bei den Vorbereitungen? Aber Manni sagt immer, dass man nicht lügen darf. Ist es denn eine Lüge, wenn er dem Christkind hilft? Die ganze Sache kommt ihr komisch vor. Sie nimmt sich vor, Manni am nächsten Tag zu fragen. Nach dem Frühstück geht sie zu ihm und erzählt, dass sie nachgedacht hat und ihr seine Krankheit am Heiligen Abend irgendwie komisch vorkommt. Mutig fragte sie: „Manni, hilfst du dem Christkind vielleicht mit, damit es pünktlich fertig ist?“ Manni lächelt Sabine nur an. Dann sagt er mit einem neckischen Augenzwinkern: „Das erfährst du, wenn du älter wirst.“

Sabine fragt Manni nie wieder danach, aber es kommt ihr auch in den folgenden Jahren immer sehr seltsam vor, dass er immer zu Weihnachten krank wird. So vergehen die Jahre.

Heute ist Sabine selber Mama von zwei Kindern. Und sie hat das gleiche Pech wie Manni, denn jedes Jahr am Heiligabend wird sie plötzlich krank und ihr Mann muss mit den Kindern allein spazieren und in die Kirche gehen.

Ihre Kinder haben großes Mitgefühl mit der Mama. Sabine fragt sich, wann eines ihrer Kinder sich wohl Gedanken dazu macht, warum sie immer am Heiligen Abend krank wird und ob sie wohl dem Christkind helfe.

Johannas Plan

In Buecke, gar nicht weit entfernt vom schönen Möhnesee, lebt eine Familie mit dem Namen Klute. Johanna Klute ist gerade erst 14 Jahre alt und ganz oft traurig. Sie hat das Gefühl, dass ihr Leben nicht so schön verläuft wie das ihrer Freundinnen. Sie hat zwei Brüder, Wilhelm ist vier Jahre alt und Gregor sechs, und eine kleine Schwester, die ein knappes Jahr alt ist. Sie ist viel älter als ihre Geschwister. Nie kann sie richtig mit ihnen spielen, weil sie noch zu klein sind. Sie verstehen ihre Spiele noch nicht. Bei Johannas Freundinnen ist das anders. Da sind die Geschwister fast genauso alt und sie können gemeinsam die Zeit verbringen.

Ihr Papa ist meistens am arbeiten. Er hat eine kleine Autowerkstatt und verbringt unzählige Stunden dort, um die Familie ernähren zu können. Ihre Mama hat mit dem Haushalt und den vier Kindern genug zu tun. Außerdem lebt ja auch noch ihre Mama, also Johannas Oma, unten im Haus in einer kleinen Wohnung. Mama muss Oma versorgen, für sie kochen, ihren Haushalt machen und sie oft zu Ärzten fahren.

Bald ist Weihnachten und Johanna hat das Gefühl, dass das Weihnachtsfest in diesem Jahr sehr traurig sein wird. Ihre Mama hat nur Stress und die Oma ist ihr auch ganz fremd geworden. Seit dem letzten Jahr hat sich Oma immer mehr verändert, weil sie krank ist. Sie vergisst alles, erkennt keinen mehr und macht oft Dinge, die sie früher nicht gemacht hat. So hat sie manchmal noch am Nachmittag das Nachthemd an, bleibt den ganzen Tag im Bett oder ist plötzlich verschwunden. Keiner weiß dann, wo sie ist, und Mama weint vor Sorge um die Oma. Wenn Johanna sie dann in den Nachbarstraßen nicht findet, ruft ihre Mama bei der Polizei an und die bringt Oma dann immer zurück. Ihre traurige Krankheit bezeichnen die Ärzte als Alzheimer und sie ist nicht heilbar. Wenn

es Probleme mit Oma gibt, kann Papa auch nicht helfen, weil er tagsüber nicht zu Hause ist. Johanna bemerkt, dass Mama mit den Nerven am Ende ist, und sie fühlt sich dann ganz hilflos, weil sie Mama gerne helfen will, aber nicht weiß, wie. Neulich hat sie mitbekommen, wie sich Papa und Mama über Omas Krankheit unterhalten haben. Mama weinte und erzählte, dass es immer schlimmer wird und sie nicht mehr weiß, wie sie alles bewältigen soll. Die Eltern überlegen nun, ob sie Oma in ein Pflegeheim geben sollen. Nachdem Johanna das gehört hat, ist sie auf ihr Zimmer gelaufen und hat bitterlich geweint. Oma soll weg und das kurz vor Weihnachten. Das geht doch nicht! Oma gehört hierhin, zu ihrer Familie. Ein Weihnachten ohne Oma ist für Johanna nicht vorstellbar. Wie können ihre Eltern nur so gemein sein? Johanna ist verzweifelt. Sie überlegt und überlegt bis tief in die Nacht. Und dann hat sie eine Lösung gefunden.

Gleich nach der Schule bittet sie Mama auf ihr Zimmer. „Mama, ich habe gehört, wie du mit Papa gesprochen hast. Ihr wollt Oma in ein Heim geben und das darf nicht passieren. Bald ist Weihnachten und Oma gehört doch dazu.“ Mama schaut Johanna ganz traurig an und ihre Augen füllen sich mit Tränen. „Liebes“, sagt sie und nimmt ihre Tochter in den Arm, „ich schaffe es nicht mehr. Das Haus, ihr Kinder und Oma. Ich habe keine Kraft mehr. Oma ist sehr krank und braucht rund um die Uhr Betreuung. Ich habe so viel Arbeit, dass ich nicht auch noch ständig auf Oma aufpassen kann.“ Johanna kuschelt sich an ihre Mama und sagt: „Ich weiß, denn ich bin ja kein kleines Kind mehr. Ich habe nachgedacht und habe dir einen Vorschlag zu machen.“ Sie macht eine kurze Pause, um Mama zu zeigen, wie wichtig ihr Anliegen ist. „Wir teilen uns die Arbeit. Ich helfe im Haushalt und versorge Oma mit. Dann kannst du auch mal zwischendurch mit den Kleinen spazieren gehen und dich entspannen. Das Baden der Geschwister und das Vorlesen am Abend übernehme ich auch. Wenn das Wetter gut ist, kann auch ich mit Oma im Park herumlaufen und bei Regenwetter lese ich ihr vor oder spiele etwas mit ihr. Auch die Weihnachtsplätzchen kann ich backen. Nur, bitte, bitte, gebt Oma nicht weg.“

Johanna hat einen roten Kopf, weil sie so aufgeregt ist. „Wir müssen zusammenhalten, damit Oma bei uns bleiben kann.“ Sie redet und redet. Mama schaut sie liebevoll an. „Johanna, du bist echt kein Kind mehr und deine Hilfe kann ich gut gebrauchen. Aber es darf dir nicht zu viel werden.“ Johanna schüttelt den Kopf und sagt: „Ich passe auf.“ Ihre Mama lächelt und sagt: „Ich freue mich über deinen Vorschlag, denn der Gedanke, Oma in ein Pflegeheim abzugeben, ist auch für mich unerträglich.“ Johanna strahlt, weil Mama ihren Vorschlag angenommen hat. Sie fühlt sich auf einmal wichtig und erwachsen. Noch am gleichen Tag setzen sie den Plan in die Tat um. Wenn Johanna nach der Schule ihre Hausaufgaben beendet hat, spricht sie mit ihrer Mama ab, welche Aufgaben sie erledigen kann. Ein paar Tage später stellt Johanna erfreut fest, dass es ihrer Mama schon viel besser geht, denn sie lacht wieder viel mehr und abends schaffen sie es sogar, gemeinsam mit den Kleinen und Oma Weihnachtslieder zu singen. Alle freuen sich auf das Weihnachtsfest. Sogar die Geschwister helfen diesmal mit, die Plätzchen zu backen und das Haus zu schmücken. Oma sitzt immer dabei und singt oder erzählt Geschichten von früher.

Endlich ist es so weit. Es ist Heiligabend. Die ganze Familie geht in die Kirche. Eine schöne festliche Stimmung hat sich bei allen breitgemacht. Sie erleben wunderschöne und harmonische Weihnachtstage. Johanna ist glücklich. Sie hat tolle Geschenke

bekommen, aber das schönste Geschenk ist, dass alle zusammen sind. Eines Abends setzt sich Mama an ihr Bett und strahlt sie an. „Danke", sagt sie und küsst Johanna zärtlich auf die Stirn. „Ohne dich hätte ich das nie geschafft. Ich bin so stolz auf dich." „Kein Problem", sagt Johanna, „wir sind doch eine Familie und müssen zusammenhalten." Ganz feste halten sie sich in den Armen und wissen beide, dass alle weiteren Worte jetzt überflüssig sind. Johanna ist so glücklich wie schon lange nicht mehr. Sie freut sich, dass ihr Plan gelungen ist, und nimmt sich auch für das nächste Jahr vor, Mama zu unterstützen. Wenn es Mama gut geht, ist auch sie glücklich.

Heiligabend unter der Unterführung

Christina ist 14 Jahre alt und lebt als Einzelkind mit ihren Eltern in einem schönen Haus in Wennemen. Sie ist unglücklich, weil keiner sie versteht. Ihre Eltern sind aber auch einfach gegen alles. Ihre Kleidung gefällt ihnen nicht, denn sie finden die Röcke zu kurz und die Hosen zu eng. Das leuchtend rote Haar finden sie zu auffällig und ihre Musik zu aggressiv. Es vergeht kein Tag, an dem Christina nicht mit ihren Eltern streitet. Schon morgens vor der Schule geht es los und es endet erst, wenn sie ins Bett geht. Sie ist traurig, weil die ständigen Streitereien ihr ziemlich an die Nerven gehen.

Bald ist Weihnachten und Christina hat, wie jedes Jahr, ihren Eltern die Weihnachtswünsche mitgeteilt. Aber diesmal haben sie ganz anders reagiert als die letzten Jahre. Christina war entsetzt, denn Mama hat sie erpresst und gesagt: „Weihnachten findet nur statt, wenn du deine Haare in Ordnung bringst und dir für die Festtage etwas Vernünftiges zum Anziehen kaufst." Abends liegt Christina in ihrem Bett und weint leise vor sich hin. Was ist denn nur aus ihrer Familie geworden? Warum versteht sie keiner mehr? Haben ihre Eltern sie nicht mehr lieb? Das muss es sein. Christina hat die Antwort gefunden. Die Eltern lieben sie nicht mehr und wollen Weihnachten nicht mehr mit ihr zusammen feiern. So ist es. Christina ist sich sicher, dass es so ist. Sie weint bitterlich und fasst einen Entschluss. Christina liebt ihre Eltern sehr und wünscht ihnen ein schönes Weihnachtsfest ohne Sorgen und den Anblick ihrer missratenen Tochter. Also muss sie gehen, damit sie einem gesegneten Fest nicht im Wege steht. In den nächsten Tagen ist Christina immer wieder damit beschäftigt, ihre Flucht von zu Hause vorzubereiten. Sie legt Lebensmittel an die Seite und packt diese zusammen mit ein paar Kleidungsstücken in einen Rucksack.

Heute ist Heiligabend und heute will sie ihre Eltern verlassen. Nach dem Mittagessen zieht sie sich besonders warm an, nimmt heimlich ihren gepackten Rucksack und verlässt leise das Haus. Ihr Handy macht sie aus und packt es in den Rucksack. Nur für den Notfall. Sie läuft ziellos durch Wennemen und überlegt, wohin sie gehen soll. Christina beschließt, über den Fahrradweg zu gehen, der auch am Bahnhof in Freienohl entlangführt. Am Bahnhof zieht sie sich am Automaten eine Fahrkarte nach Dortmund. Im Zug wird ihr etwas flau im Magen und sie zweifelt, ob Sie da das Richtige tut. Doch dann denkt sie an die ständigen Meinungsverschiedenheiten mit ihren Eltern und ist sich schnell wieder sicher, dass sie nicht geliebt wird und weg muss. In Dortmund angekommen, läuft sie durch die Stadt. Die Geschäfte sind schon geschlossen und so ist nicht mehr viel los in der Einkaufsstraße. Bis auf wenige Menschen, die noch herumlaufen, bereitet sich ganz Dortmund auf den Heiligen Abend vor. Christina setzt sich auf eine Bank.

Erst, als es dunkel wird, steht sie wieder auf und läuft weiter. Langsam wird es ihr trotz dicker Kleidung ganz kalt. Sie geht auf eine Unterführung zu und entdeckt mehrere Obdachlose, die um eine Feuertonne sitzen. Gerade, als sie sich abwenden will, spricht sie einer der Männer an und bittet sie herüberzukommen. Obwohl sie sich etwas fürchtet, geht sie doch zu ihnen. Der Gedanke, sich an das wärmende Feuer zu setzen, lässt sie diese Angst überwinden.

Nachdem sie eine Weile wortlos vor dem Feuer gesessen und die Wärme sich in ihrem Körper breitgemacht hat, greift sie in ihren Rucksack und holt die Dose mit den Plätzchen heraus. Sie nimmt sich eins und reicht die Dose dann weiter. Freudig greifen die Obdachlosen zu und sind begeistert von den frischen Weihnachtsplätzchen. „So etwas Leckeres habe ich schon ewig nicht mehr gegessen", sagt der Mann links von Christina, der sich als Henning

vorgestellt hat. „Hat die deine Mama selbst gebacken?“, fragt ein anderer und nimmt sich noch eines. Christina erzählt von den vielen Backnachmittagen in der Weihnachtszeit und dass es immer nach leckeren Plätzchen duftet. Bald redet sie ununterbrochen von ihrer Familie und den unterschiedlichen Bräuchen, die sich jedes Jahr zu Hause wiederholen.

„Das hört sich aber richtig gut an“, sagt Henning und strahlt Christina an. „Ja, das ist es auch“, sagt Christina. „Alle sind aufgeregt und jeden Abend sitzen wir zusammen und knacken Nüsse und essen die selbstgebackenen Plätzchen. Die Weihnachtszeit ist immer etwas ganz Besonderes, aber das Weihnachtsfest selbst ist noch viel schöner.“ Sie strahlt über das ganze Gesicht.

„Aber warum sitzt du dann hier und nicht zu Hause bei deinen Eltern?“, fragt einer der Männer leise. Alle schauen Christina an. Ihr wird ganz heiß und auf einmal laufen dicke Tränen über ihre Wangen. „Meine Eltern lieben mich nicht mehr und wollen mich dieses Jahr auch nicht mehr dabeihaben“, sagt sie trotzig und schaut lange ins Feuer. Keiner sagt etwas. Nach einer Weile erzählt Christina, was sich in den letzten Monaten zu Hause zugetragen hat. Die Männer hören der Geschichte schweigend zu. „Aber“, sagt Henning zögernd und schaut Christina an. „Wenn ich dazu etwas sagen darf? Ich sehe das aber anders, denn ich finde, dass deine Eltern dich sehr lieben. Sie haben große Angst um dich. Sorge, dass du vom richtigen Weg abkommst.“ Henning sieht Christina in die Augen. „Ich habe auch einen Sohn gehabt“, spricht er weiter. „Wir sind im Streit auseinandergegangen. Auch er fühlte sich unverstanden und konnte meine Ängste nicht begreifen. Eines Tages war er weg und ich habe ihn nie wieder gesehen.“ Er schaut traurig zu Boden, bevor er nach einer Pause weiter erzählt. „Für

Eltern ist es sehr schwer, wenn sie sehen, dass ihr Kind selbständig wird und es sich äußerlich auch noch verändert. Glaub mir, deine Eltern wollen nur das Beste für dich. Sie kommen heute bestimmt um vor Angst, weil du nicht zu Hause bist. Sie werden sicher nicht Weihnachten feiern, sondern versuchen, dich zu finden." Vorsichtig nimmt er die zittrige Hand von Christina und lächelt sie an. „Glaub mir", sagt er leise und seine Augen füllen sich mit Tränen, „Ich würde alles dafür tun, wenn ich meinen Sohn wiedersehen könnte. Nichts auf der Welt ist so schlimm, dass man sich deswegen trennen muss."

Zögernd fasst Christina in den Rucksack, holt ihr Handy heraus und schaltet es wieder ein. Es dauert nicht lange und es piept und piept. 25 Anrufe von ihren Eltern. Christina fängt an zu weinen. „Was habe ich nur getan?", fragt sie. „Sie werden mir schrecklich böse sein." „Ruf einfach an", sagt Henning aufmunternd. „Sie werden überglücklich sein, dass es dir gut geht." Auch die anderen ermutigen Christina zum Anruf.

Christina wählt mit zittrigen Fingern die Telefonnummer ihrer Eltern. Weinend nimmt ihre Mama ab. „Liebes", sagt sie, „wo bist du denn? Bitte komm nach Hause." „Mama", weint Christina, „ich bin in Dortmund in einem Park und sitze mit Henning und seinen Freunden unter einer Unterführung. Mir geht es gut." „Bleib, wo du bist. Papa und ich fahren sofort los und holen dich ab", sagt Mama und kann ihre Freude kaum zurückhalten. „Mama, warte mal", ruft Christina, „könnt ihr von dem Essen etwas mitbringen? Dann haben meine neuen Freunde auch ein leckeres Weihnachtsessen. Sie haben so gut auf mich aufgepasst." „Wir schauen mal, was wir machen können", sagt Mama und legt auf.

Nach nur zwei Stunden fällt Christina ihren Eltern weinend und glücklich in die Arme. „Liebling, was hattest du nur vor?“, fragt ihr Papa. „Wir haben uns solche Sorgen gemacht. Lass uns später darüber reden“, lacht er. „Nun wollen wir alle gemütlich essen.“ Er geht zum Kofferraum und kommt mit einer riesigen Box zurück. Anschließend holt er noch einen kleinen Campingtisch hervor und Mama baut in Windeseile ein kleines festliches Buffet auf. Sie haben sogar an Wolldecken und warme Jacken gedacht. So feiert Christina mit ihren Eltern und den Obdachlosen mitten in einem Park in Dortmund ganz gemütlich den Heiligabend unter einer Unterführung. Es herrscht eine festliche Stimmung und alle sind glücklich. Das ist ein Erlebnis, das keiner, der dabei war, jemals wieder vergessen wird.

Was hat Lottchen nur?

Ulla lebt mit ihrem Bruder Johannes und ihren Eltern auf einem abgelegenen Hof in der Giesmecke. Das ist ein winzig kleiner Ort hinter Freienohl mit gerade mal drei Häusern. Hier passt das Sprichwort „Da sagen sich Fuchs und Hase gute Nacht“, denn es ist nicht viel los. Jeder kennt jeden und jeder hilft jedem. Die Bewohner haben guten Kontakt zueinander.

Bald ist Weihnachten und Ulla hat sich ein eigenes Pferd gewünscht. Papa hat immer gesagt: „Wenn du zehn Jahre alt bist, bekommst du ein Pferd. Dann bist du alt genug, um dafür Verantwortung übernehmen zu können.“ Vor sechs Wochen hat Ulla endlich ihren zehnten Geburtstag gefeiert. Sie hat sich an diesem Tag aber kein Geschenk gewünscht, weil sie weiß, dass ein Pferd sehr teuer ist. Darum wünscht Sie sich zum Geburtstag und zu Weihnachten zusammen ein eigenes Pferd. Das Warten fällt ihr aber schwer. Jeden Tag reißt sie einen Zettel von dem Kalender ab, der in ihrem Zimmer hängt. Es dauert nur noch drei Tage. Aber bisher haben Papa und Mama sich noch gar nicht anmerken lassen, ob sie schon nach einem geeigneten Pferd geschaut haben. Ulla hat ein bisschen Angst, dass ihr Wunsch nicht erfüllt wird. Sie beobachtet weiter ihre Eltern.

Dann ist Heiligabend. Alles im und ums Haus ist festlich geschmückt. Es riecht nach Sauerbraten, Rotkohl und selbstgemachten Klößen. Ulla freut sich auf das Essen, denn Mama macht die besten Klöße auf der Welt. Jedes Jahr wünscht Ulla sich zu Weihnachten dieses Essen. Hoffentlich hat Mama wieder reichlich gekocht, damit sie morgen auch noch davon essen kann. Festlich gekleidet fahren alle nach Freienohl in die Weihnachtsmesse. Ulla ist schrecklich aufgeregt. Es dauert noch so lange bis zur Bescherung.

Nach der Messe wird bei Weihnachtsmusik gegessen und dann endlich dürfen Johannes und Ulla ins Wohnzimmer. Da steht ein riesiger geschmückter Tannenbaum mit roten Kugeln. Johannes sagt ein Gedicht auf und Ulla spielt „Oh du fröhliche, oh du selige“ auf der Blockflöte. Alle sind in feierlicher Stimmung. Dann werden Geschenke ausgepackt. Johannes hat ein neues Fahrrad, einen CD-Player und noch allerhand Kleinigkeiten bekommen. Ulla packt ein Buch mit dem Titel „Mein erstes eigenes Pferd“,

eine Reithose und Reithandschuhe aus. Aber wo ist das Pferd? Die Eltern grinsen sich an. „Dann komm mal mit“, sagt Mama und nimmt sie an die Hand. Ulla schlägt das Herz bis zum Hals. Sie gehen hinters Haus. Und da hört Ulla auch schon ein lautes Wiehern. Aufgeregt rennt sie in den alten Kuhstall. Da steht eine hellbraune Haflingerstute! Ulla ist von ihrer Schönheit überwältigt. An ihrer Box ist ein Holzschild angenagelt, auf dem steht „Lottchen“. „Frohe Weihnachten“, sagen die Eltern gleichzeitig. Ulla fällt ihnen um den Hals und sagt mit zittriger Stimme: „Danke, ich werde mich ganz bestimmt bestens um mein Lottchen kümmern.“

Jeden Tag reitet Ulla mit Lottchen in den Wald. Die beiden kommen gut miteinander klar. Mama sagt nach ein paar Wochen zu Ulla: „Gib deinem Lottchen mal weniger Futter, denn sie wird immer dicker.“ Das macht Ulla, aber trotzdem bekommt Lottchen einen ganz dicken Bauch. Ulla macht sich Sorgen, weil sie festgestellt hat, dass ihr Pferd in den letzten Tagen so schnell schwitzt, wenn sie ausreiten. „Ich werde ihr mal eine kleine Pause gönnen. Vielleicht habe ich sie ja überanstrengt“, sagt sie abends zu Mama. „Ja, das mach mal“, sagt Mama. „Es wird Lottchen guttun.“ Bevor Ulla schlafen geht, schaut sie wie jeden Abend noch mal im Stall vorbei. Lottchen liegt schon im Stroh. Ulla wundert sich darüber.

In der Nacht wird sie wach, weil sie ein lautes Wiehern aus dem Stall hört. Sie läuft sofort los und sieht ihr Lottchen schweißnass auf der Seite liegen. Sie hat die Augen ganz weit aufgerissen. Schnell rennt Ulla in das Schlafzimmer ihrer Eltern und ruft: „Kommt schnell. Was hat Lottchen nur?“ Papa und Mama eilen mit Ulla in den Stall. Lottchen wiehert kläglich, steht auf und legt sich wieder hin. „Wir müssen sofort den Tierarzt anrufen“, sagt

Mama und läuft, so schnell sie kann, ins Haus zurück. Lottchen wird immer unruhiger und schwitzt ganz heftig. „Was hat Lottchen?“, fragt Ulla mit Tränen in den Augen. „Ich weiß es nicht“, sagt Mama und nimmt sie in den Arm. Lottchen steht wieder auf, dreht sich im Kreis und schaut ängstlich zu ihrem Bauch. Ulla hat große Angst um ihr Pferd.

Endlich ist der Tierarzt da. Er untersucht Lottchen und schaut Ulla grinsend an. „Was hat denn Lottchen nur?“, fragt Ulla den Tierarzt. „Alles ist genau so, wie es in diesem Moment sein muss. Du brauchst keine Angst zu haben. Der Stute und dem Fohlen geht es gut.“ „Dem Fohlen?“, fragt Ulla aufgeregt. „Bekommt mein Lottchen ein richtiges Fohlen?“ „Ja“, sagt der Arzt. „Wusstest du das denn nicht?“ Ulla schüttelt den Kopf. Auch Ullas Eltern sind sprachlos. Der Tierarzt bereitet alles für die Geburt vor. Ulla und ihre Eltern helfen, so gut sie können.

Dann geht es auch schon los. Lottchen legt sich hin und ganz langsam sehen sie die Vorderhufe herauskommen. Der Arzt fasst die dünnen Beine an und zieht leicht daran. Dann geht es ganz schnell. Mit einem Mal liegt ein kleines, struppiges und nasses Fohlen im Stroh. Alle weinen vor Freude. Das kleine Fohlen hat ganz weißes Fell. „Wir nennen es Flocke“, sagt Ulla aufgeregt. „Ich darf es doch behalten? Es gehört ja schließlich zu meinem Weihnachtsgeschenk!“. „Naja“, sagt Papa, „genug Platz haben wir dafür.“ Ulla beobachtet, wie Lottchen ihr Fohlen trockenleckt. Sie hilft ihr und reibt Flocke mit Stroh ab, damit sich das Tier nicht erkältet. Nach nur einer Stunde versucht Flocke aufzustehen. Erst fällt sie immer wieder ins Stroh, aber schließlich schafft sie es. Der Tierarzt führt Flocke zu ihrer Mama, damit sie Stutenmilch trinken kann. „Deine Flocke ist gesund und kräftig. Alles ist gut“, sagt der Tierarzt. Dann fährt er wieder nach Hause. „Das ist wirklich ein ganz außergewöhnliches Weihnachtsgeschenk“, sagt Ulla. Sie schaut Lottchen und Flocke liebevoll an. Dann geht sie mit ihren Eltern ins Haus zurück. Alle brauchen nach dieser Aufregung jetzt erst einmal Schlaf.

Wir wünschen Euch
frohe
Weihnachten!
WESTFALENPOST
Die Weihnachtsmänner Eurer
WP

NATÜRLICHSCHÖN
Details und Musteranforderungen – info@becker-druck.de oder:
www.becker-druck.de/naturpapiere
Lust auf noch mehr Farbe?
Neu bei becker druck!
becker druck
PRINT · DIGITAL · PUBLISHING
Print
Persönlich. Besser. Beraten.